LE MOINE,

ou le

PACTE INFERNAL.

Traduit de l'Anglais.

Tome Second.

PARIS,

BERTRANDET, LIBR^{e}.-ÉDITEUR.

LE MOINE, OU LE PACTE INFERNAL,

TRADUIT DE L'ANGLAIS.

Songes, devins, sorciers, fantômes imposteurs,
Prodiges, noirs esprits et magiques terreurs.

Tome 2.

PARIS,
CHEZ BERTRANDET, LIBRAIRE.
1830

LE MOINE.

III.

Suite.

Je vous laisse á juger tout ce que j'avais dû éprouver et sentir pendant cet entretien, dont aucune syllabe ne m'était échappée. Je n'osais me livrer á mes réflexions ; je n'apercevais aucun moyen de me soustraire au péril dont j'étais menacé. Je savais que la résistance était vaine ; j'étais sans armes, et seul contre trois. Cependant je résolus de leur vendre ma vie aussi chèrement que je le pourrais. Dans la crainte que Baptiste ne s'aperçût de mon absence, et ne soupçonnât que j'avais entendu le message donné á Claude, je rallumai promptement ma chandelle, et quittai la chambre. En descendant, je vis le couvert mis pour six personnes ; Marguerite s'occupait á éplucher une salade, et ses beaux-fils causaient ensemble tout bas á l'extrémité de la salle. Baptiste, qui avait le tour du jardin á faire pour rentrer dans la maison, n'était pas encore arrivé.

Un signe de l'œil que je fis á Marguerite, lui apprit que son avis n'avait pas été perdu. Combien, en ce moment, je la trouvai différente! Ce qui auparavant m'avait semblé maussaderie et mauvaise humeur, me parut alors dégoût pour ses associés, et compassion pour le péril où j'étais. Je voyais en elle mon unique ressource, quoique, sachant bien qu'elle était surveillée par son mari, je ne pusse fonder que peu d'espérance sur ses bonnes intentions en ma faveur.

Malgré tous mes efforts pour ne rien laisser paraître au-dehors; tout en moi n'exprimait que trop visiblement mes secrètes agitations. J'étais pâle, et il y avait dans mes paroles et dans mes mouvemens du désordre et de l'embarras. Les jeunes gens s'en aperçurent, et m'en demandèrent la cause. Je répondis que j'avais beaucoup souffert toute la journée de la fatigue et de l'excès du froid. S'ils furent dupes de cette réponse, c'est ce que je ne puis vous dire; mais ils cessèrent de m'embarrasser par leurs questions. Je m'efforçai d'éloigner de mon esprit la vue des dangers qui m'environnaient, en causant sur différens sujets avec la Baronne. Je parlai de l'Allemagne, du dessein où j'étais d'y aller bientôt, et Dieu sait que je me flattais peu, dans ce moment, de pouvoir jamais m'y rendre. Elle me répondit avec beaucoup d'aisance et de politesse, m'assura que le plaisir de faire connaissance avec moi la dédommageait bien du retard qu'éprouvait son voyage, et m'invita d'une manière très-pressante á faire quelque séjour au château de Lindenberg. Tandis qu'elle parlait ainsi, les deux jeunes gens se regardaient avec un sourire malin, comme pour se dire qu'elle serait bien heureuse elle-même, si jamais elle revoyait ce château. Je vis et je compris fort bien leur sourire; mais je cachai l'émotion qu'il venait d'exciter dans mon cœur. Je continuai de m'entretenir avec la Baronne; il y avait souvent si peu de liaison dans mes discours, qu'elle commença, comme elle me l'a depuis avoué, á douter si j'avais le parfait usage de ma raison. A dire vrai, tandis que je parlais d'un objet, toutes mes pensées étaient absorbées par un autre. Je songeais aux moyens de quitter la maison, et de courir á la grange avertir les domestiques du dessein de notre hôte; mais je fus bientôt convaincu de l'impossibilité de mettre ce projet á exécution. Jacques et Robert suivaient tous mes mouvemens d'un œil attentif, et il me fallut renoncer à cette idée. Toutes mes espérances se bornèrent enfin á ce que le coquin de Claude ne trouvât plus les bandits à la caverne. Dans ce cas, d'après ce que j'avais entendu, on devait nous laisser partir sains et saufs.

Je tressaillis malgré moi á l'instant où Baptiste entra dans la chambre. Il nous fit beaucoup d'excuses de sa longue absence: « mais il avait été retenu par des affaires qui n'admettaient aucun retard ». Ensuite il nous demanda, pour sa famille, la permission de se mettre à table avec nous, liberté que, sans cela, le respect l'empêcherait de prendre. Oh! combien dans mon cœur je maudis l'hypocrite! Quelle horreur je me sentais pour un homme qui était au moment de m'arracher la vie, et dans un temps où tout me la rendait si chère. J'étais jeune et riche, j'avais un rang, de l'éducation, et devant les yeux un avenir séduisant. Je voyais cette carrière près de se former pour moi de la manière la plus horrible; et cependant j'étais obligé de dissimuler et de recevoir, avec l'air de la reconnaissance, de feintes civilités de la part de celui même qui tenait le poignard levé sur mon sein.

La permission que notre hôte demandait lui fut accordée sans peine. On se mit á table. La Baronne et moi nous occupâmes un côté; les deux jeunes gens s'assirent vis-á-vis de nous, le dos tourné à la porte. Baptiste prit sa place au haut de la table, ayant la Baronne á sa droite ; le couvert qui était á côté de lui fut réservé pour sa femme. Un instant après elle entra dans la chambre, et nous servit un bon repas de paysan, simple, mais propre á satisfaire l'appétit. Notre hôte crut devoir s'excuser auprès de nous du mauvais souper qu'il nous faisait faire ; il n'avait pas été prévenu de notre arrivée, et il ne pouvait nous offrir que les provisions faites pour sa famille. « Mais, ajouta-t-il, si quelqu'accident devait retenir chez moi mes nobles hôtes plus long-temps qu'ils ne le croient en ce moment, j'espère que je pourrais les mieux traiter ».

Le scélérat! Je savais trop bien de quel accident il voulait parler, et je frémis en songeant á la manière dont il espérait nous traiter l'un et l'autre.

Ma compagne de danger semblait entièrement consolée de n'être pas á Strasbourg; elle riait et causait fort gaîment avec la famille. Je tâchais, mais en vain, de suivre son exemple. Ma gaîté était évidemment forcée, et Baptiste s'en aperçut.

« Allons, allons, Monsieur, me dit-il, soyez joyeux comme nous; vous ne me semblez pas entièrement rémis de la fatigue ? Pour vous ranimer, ne prendriez-vous pas avec plaisir un bon verre d'excellent vin qui m'a été laissé par mon père?

Dieu veuille avoir son ame, il est dans un meilleur monde! Je sers rarement de ce vin; mais je n'ai pas tous les jours affaire à des hôtes tels que vous, et l'honneur que je reçois mérite bien que j'en offre une bouteille».

A ces mots il donna une clef á sa femme, et lui dit á quel endroit elle trouverait ce vin. Elle ne semblait nullement charmée de cette commission; elle prit la clef d'un air embarrassé; elle hésita même á quitter la table.

« M'entendez-vous, lui dit Baptiste d'un ton courroucé » ?

Elle jeta sur lui un regard mêlé de colère et de crainte, et sortit de la chambre. Les yeux de Baptiste la suivirent avec défiance, jusqu'á ce qu'elle eût fermé la porte.

Marguerite revint avec une bouteille goudronnée en jaune. Elle la mit sur la table, et rendit la clef à son mari. Je soupçonnai que cette liqueur ne nous était pas présentée sans dessein, et j'examinai, avec inquiétude, les mouvemens de Marguerite. Elle était occupée á rincer quelques petits gobelets d'étein. En les plaçant devant Baptiste, elle vit que mes yeux étaient fixés sur les siens, et saisissant l'instant où elle n'était point observée, elle me fit signe avec sa tête de ne pas goûter de cette liqueur, puis elle reprit sa place.

Pendant ce temps lá, notre hôte avait ôté le bouchon et rempli deux gobelets, qu'il offrit á la Baronne et á moi. La Baronne fit d'abord quelques difficultés, mais les instances de Baptiste furent si pressantes, qu'elle ne voulut pas le désobliger. Pour moi, craignant de faire naître des soupçons, je n'hésitai pas á prendre la liqueur qui m'était présentée. A l'odeur et à la couleur, je vis que c'était du Champagne; mais quelques grains de poussière qui flottaient sur la surface, me convainquirent que le vin était altéré. Cependant je n'osais pas montrer ma répugnance à le boire. Je le portai á mes lèvres et fis semblant de l'avaler; mais tout-à-coup me levant de ma chaise, je courus á un vase plein d'eau qui était á quelque distance, et dans lequel Marguerite avait rincé les gobelets, et feignant qu'un mal de cœur subit me forçait de rejeter ce vin, je vidai dans le vase, sans être aperçu, mon gobelet tout entier.

Les brigands parurent alarmés de mon action, Jacques se leva á moitié de sa chaise, mit sa main dans son sein, et j'aperçus le manche d'un poignard. Je revins m'asseoir avec beaucoup de tranquillité, et j'affectai de n'avoir pas pris garde á leurs mouvemens.

« Vous avez bien mal rencontré mon goût, honnête ami, dis-je á Baptiste. Je ne puis jamais boire du Champagne, sans qu'il ne m'incommode aussitôt ; j'ai avalé plusieurs gorgées de celui-ci, avant de reconnaître sa qualité, et je crains de payer mon imprudente précipitation ».

Baptiste et Jacques se regardèrent, et ce regard était plein de défiance.

« Peut-être, dit Robert, l'odeur vous en est désagréable » ; et il vint prendre mon gobelet. Je m'aperçus qu'il examinait s'il était á peu-près vide.

« Il doit en avoir assez bu », dit-il tout bas á son frère, en se rasseyant.

Je lus dans les yeux de Marguerite la crainte où elle était que je n'eusse goûté de cette liqueur. D'un regard je la rassurai.

J'attendais, avec inquiétude, l'effet que ce breuvage produirait sur la Baronne. Je tremblais que les grains de cette poudre flottante ne fussent du poison, et j'étais au désespoir de ce qu'il m'avait été impossible de l'avertir du danger. Mais à peine il s'était écoulé quelques minutes que je vis ses yeux s'appesantir; sa tête se renversa sur ses épaules, et elle tomba dans un profond sommeil. Je feignis de n'y pas faire attention, et je continuai de parler à Baptiste avec autant d'aisance que je pus prendre sur moi d'en montrer. Mais bientôt il ne me répondit plus du même ton qu'auparavant; il me regardait avec surprise et défiance, et je voyais ces bandits chucoter souvent entre eux. Ma situation devenait á chaque instant plus pénible; je soutenais mon rôle de confiance et de tranquillité encore plus mal qu'auparavant. A quoi pouvais-je me déterminer? Chercher á sortir pour avertir les domestiques? Si je l'eusse tenté, j'étais sûr d'être assassiné á la porte par les deux brigands: d'ailleurs je laissais une femme á leur merci. Ayant tout á la fois á craindre de voir arriver leurs complices, et de leur laisser croire que je connaissais leurs desseins, je ne savais comment dissiper les soupçons qu'ils avaient sur moi. Dans ce terrible embarras, Marguerite vint encore à mon secours. Elle passa derrière ses beaux-fils, s'arrêta un moment devant moi, ferma ses yeux, et inclina sa tête sur son épaule. Ce signe, que je compris, me tira d'incertitude. C'était me dire qu'il fallait imiter la Baronne, et feindre que la liqueur faisait son effet sur moi. Je suivis ce conseil, et bientôt après je parus enseveli dans un profond sommeil.

« Bien! bien! s'écria Baptiste, au moment où je me renversais sur ma chaise; á la fin, le voilá endormi! Je commençais à croire qu'il avait deviné nos projets, et que nous serions forcés de le dépêcher á tout événement ».

«Et pourquoi ne pas le dépêcher à tout événement, demanda le féroce Jacques? Pourquoi lui laisser le pouvoir de trahir notre secret? Marguerite, donnez-moi un de mes pistolets; un petit mouvement du doigt nous aura bientôt défaits de lui».

«Et supposé, répondit le père, que nos camarades ne puissent pas arriver cette nuit, quelle jolie figure nous ferons quand les domestiques viendront demain matin nous redemander leur maître. Non, non, Jacques; il faut attendre nos associés. S'ils viennent, nous sommes assez forts pour vaincre les domestiques aussi bien que les maîtres, et le butin est à nous. Si Claude ne les trouve pas á la caverne, il faudra prendre patience, et souffrir que cette proie nous échappe. Ah! garçons, garçons, si vous étiez seulement arrivés cinq minutes plutôt, c'en était fait de l'Espagnol, et les deux mille pistoles étaient á nous. Mais vous ne venez jamais quand vous êtes le plus attendus; vous êtes les coquins les plus mal-adroits».

«Bon! bon! mon père, répondit Jacques; si vous aviez voulu m'en croire, tout cela serait fini á présent. Vous, Robert, Claude et moi, quand ces étrangers auraient été deux fois plus forts, je vous réponds que nous en serions venus á bout. Quoi qu'il en soit, Claude est parti ; il est trop tard pour y penser à présent. Il nous faut attendre patiemment l'arrivée de la troupe, et si les voyageurs nous échappent cette nuit, nous saurons bien les retrouver en route demain ».

« Sans doute, sans doute, dit Baptiste: Marguerite, avez-vous donné aux deux femmes-de-chambre de cette drogue assoupissante » ?

« Oui », fut sa réponse.

« Ainsi, tout va bien. Courage, garçons; quelque chose qui arrive, vous n'aurez pas à vous plaindre. Nul danger á courir, beaucoup á gagner, et rien á perdre ».

En ce moment j'entendis un grand bruit de chevaux. Oh ! combien ce bruit fut terrible à mon oreille ! Une sueur froide coula sur mon front, et je sentis approcher toutes les terreurs de la mort.

« Dieu puissant, ils sont perdus » ! s'écria la compatissante Marguerite, avec l'accent du désespoir ; et cette exclamation n'était pas propre á me rassurer.

Par bonheur, le Bucheron et ses deux fils étaient trop occupés de leurs amis qui arrivaient, pour faire attention á moi ; autrement, la violence de mes agitations leur aurait décélé que mon sommeil était feint.

« Ouvrez, ouvrez » ! s'écrièrent plusieurs voix en dehors de la maison.

« Oui, oui, répondit Baptiste avec beaucoup de joie ; ce sont nos amis, pas de doute. A présent le butin est assuré. Et vîte, garçons, et vîte ; conduisez-les à la grange, vous savez quelle y doit être votre occupation ».

Robert se hâta d'ouvrir la porte.

« Mais avant tout, dit Jacques, prenant ses armes, laissez-moi achever ces dormeurs ».

« Non, non ! repliqua son père ; courez á la grange, où l'on vous attend. Je me charge de ceux-ci, et des deux femmes qui sont en haut ».

Jacques obéit, et suivit son frère. Ils causèrent quelques minutes avec les nouveaux venus ; après quoi, j'entendis les brigands descendre de cheval, et, comme je le conjecturai, prendre le chemin de la grange.

« Ils font bien, dit Baptiste, de quitter leurs chevaux pour surprendre les étrangers et tomber sur eux. A présent, mettons-nous á l'ouvrage ».

Je l'entendis s'approcher d'une petite armoire qui était au bout de la chambre, et l'ouvrir. Aussitôt, je me sentis remuer doucement.

« A présent! c'est á présent »! me dit tout bas Marguerite.

J'ouvris les yeux. Baptiste avait le dos tourné. Personne autre dans la chambre que Marguerite, et la Baronne endormie. Le scélérat venait de prendre un poignard dans l'armoire, et semblait examiner s'il était assez tranchant. Je n'avais pas eu la précaution de prendre des armes á mon départ; mais je vis que ce moment était le seul qui pût m'être favorable, et je résolus de le saisir. Je m'élançai de ma chaise, je me jetai sur Baptiste, et lui serrai le col de mes deux mains avec tant de force, que je l'empêchai de jeter un seul cri. Vous pouvez vous rappeler qu'à Salamanque, j'étais renommé pour la vigueur de mes bras; ils me rendirent en ce moment un bien grand service. Surpris, frappé de terreur, ne pouvant plus respirer, le scélérat n'était d'aucune façon en état de me disputer la victoire. Je le jetai par terre, et tandis que je le tenais immobile sous moi, Marguerite lui arrachant le poignard, le lui plongea dans le cœur à plusieurs reprises, jusqu'á ce qu'il eût expiré.

Après cet acte horrible, mais nécessaire: « Ne perdons point de temps, me dit Marguerite; fuyons, c'est notre seule ressource ».

Je n'hésitai point à lui obéir; mais ne

voulant pas abandonner la Baronne á la vengeance des brigands, je l'enlevai dans mes bras, quoique toujours endormie, et je me hâtai de suivre Marguerite. Les chevaux des voleurs étaient attachés près de la porte. Ma conductrice sauta sur un de ces chevaux; je suivis son exemple; je plaçai la Baronne devant moi, et je piquai des deux. Notre unique espérance était d'atteindre Strasbourg, dont nous étions bien moins éloignés que le perfide Claude ne me l'avait dit. Marguerite connaissait fort bien la route, et galoppait devant moi. Nous fûmes obligés de passer près de la grange où les voleurs étaient à massacrer nos domestiques. La porte était ouverte; nous distinguions les cris des mourans et les imprécations de leurs meurtriers. Ce que je sentis en ce moment est impossible à exprimer.

Jacques entendit le bruit de nos chevaux, á l'instant où nous passions près de la grange. Il courut à la porte avec une torche dans sa main, et reconnut aisément les fugitifs.

« Trahis! trahis! cria-t-il á ses compagnons ».

Aussitôt ils quittèrent leur sanglant ouvrage, et coururent à leurs chevaux; nous ne pûmes en entendre davantage. J'enfonçai mes éperons dans les flancs de mon cheval, et Marguerite piqua le sien avec le poignard qui nous avait déjá si bien servi. Nous allions avec la vîtesse de l'éclair, et nous eûmes bientôt gagné la plaine. Déjà nous apercevions les clochers de Strasbourg, quand nous entendîmes les voleurs qui nous poursuivaient. Marguerite tourna la tête, et les vit qui descendaient une petite colline á peu de distance. En vain nous pressions nos chevaux; le bruit devenait plus sensible á chaque instant.

« Nous sommes perdus, s'écria-t-elle, les misérables nous joignent ».

« Avançons, avançons, repliquai-je, j'entends les pas de plusieurs chevaux qui viennent de la ville ».

Nous redoublâmes de vîtesse, et nous vîmes bientôt une nombreuse troupe de cavaliers, qui arrivaient devant nous á toutes brides. Ils allaient même nous passer, quand Marguerite s'écria: « Arrêtez! arrêtez! sauvez-nous; pour l'amour de Dieu, sauvez-nous ».

Le plus avancé, qui semblait guider les autres, s'arrêta aussitôt.

« C'est elle! c'est elle! s'écria-t-il en sautant á bas de cheval. Arrêtez, Monseigneur, arrêtez. Ils sont sains et saufs! Voici ma mère ».

Au même instant, Marguerite descendit avec précipitation, serra le jeune homme dans ses bras, et le couvrit de baisers. Les autres cavaliers s'arrêtèrent aussi.

«Et la baronne de Lindenberg, s'écria un autre d'entre eux, où est-elle ? N'est-elle pas avec vous» ?

Il s'arrêta en la voyant dans mes bras privée de sentiment. Il la prit aussitôt dans les siens. Le profond sommeil où elle était plongée lui fit d'abord craindre pour sa vie ; mais le battement de son cœur le rassura bientôt.

«Grâce á Dieu ! dit-il, elle vit, elle est échappée de leurs mains».

J'interrompis ses transports de joie en lui montrant les brigands qui avançaient. Aussitôt la plus grande partie de la troupe, presque toute composée de dragons, se hâta d'aller á eux. Les bandits ne les attendirent pas. Dès qu'ils s'aperçurent qu'á leur tour ils étaient menacés, ils tournèrent bride, et s'enfuirent dans le bois, où ils furent poursuivis par nos libérateurs.

Cependant l'étranger, que j'avais deviné être le Baron de Lindenberg, après m'avoir remercié du soin que j'avais pris de son épouse, nous proposa de retourner en toute diligence á la ville. La Baronne, sur qui les effets du breuvage n'avaient pas encore cessé d'opérer, fut placée devant nous : Marguerite et son fils remontèrent á cheval; les domestiques du Baron suivirent, et nous arrivâmes bientôt à l'auberge où le Baron avait pris son logement.

C'était á l'Aigle d'Autriche, où mon banquier, à qui j'avais écrit le dessein que j'avais de voir Strasbourg, m'avait aussi retenu un appartement. Je fus enchanté de demeurer si près du Baron, et d'être á portée de cultiver sa connaissance, que je prévoyais devoir m'être très-utile en Allemagne. A notre arrivée dans l'auberge, la Baronne fut mise au lit. On appela un médecin qui prescrivit une potion propre à combattre les effets du breuvage assoupissant, et qu'il lui fit verser dans la gorge. Le Baron, après avoir confié sa femme aux soins de l'hôtesse, me pria de lui raconter les détails de notre aventure; je satisfis aussitôt á sa demande, car il m'eût été impossible de me livrer au sommeil, dans l'inquiétude où j'étais du sort de Stéphano, que j'avais été forcé d'abandonner à la furie des brigands. Je ne fus pas long-temps sans apprendre que ce fidèle domestique avait péri. Les dragons qui avaient poursuivi la bande, revinrent, tandis que je faisais au Baron le récit qu'il m'avait demandé. D'après le rapport du Commandant, nous n'eûmes plus á douter de la défaite des voleurs. Le crime et le vrai courage sont incompatibles. Ils s'étaient jetés aux pieds des soldats, s'étaient rendus sans faire la moindre résistance, avaient découvert leur retraite, indiqué le mot d'ordre qui livrerait le reste de la troupe, en un mot, ils avaient donné toutes les marques possibles de bassesse et de lâcheté. De cette manière, toute la bande composée d'environ soixante scélérats, avait été prise, garottée et conduite á Strasbourg. Quelques soldats, ayant un des bandits pour guide, allèrent á la maison de Baptiste ; leur premier soin fut de visiter la fatale grange, où ils furent assez heureux pour trouver deux des gens de la Baronne encore envie, quoique dangereusement blessés. Le reste avait péri sous les coups des brigands, et de ce nombre était mon infortuné Stephano.

Alarmés de notre fuite, les scélérats s'étaient hâtés de nous poursuivre, et n'étaient pas entrés dans la maison de Baptiste; aussi les soldats y trouvèrent-ils les deux femmes-de-chambre sans aucune blessure, et dormant du même sommeil que leur maîtresse. Il n'y avait nulle autre personne dans la chaumière, si ce n'est un enfant de quatre ans, que les dragons emmenèrent avec eux. Nous étions á chercher quel pouvait être ce petit infortuné, quand Marguerite se précipita dans la chambre où nous étions, tenant cet enfant dans ses bras. Elle se jeta aux pieds du Commandant, et le bénit mille fois pour avoir sauvé son fils.

Après les premiers transports de la tendresse maternelle, je la priai de nous dire comment elle avait pu être unie á un homme dont les principes me semblaient si différens des siens. Elle baissa les yeux, et versa quelques larmes.

« Messieurs, dit-elle après un moment de silence, j'ai une grâce á vous demander. Vous avez droit de connaître qu'elle est celle á qui vous pouvez être utile; je ne chercherai donc pas à me soustraire á l'aveu que vous désirez, quoiqu'il doive me couvrir de honte; mais permettez-moi d'abréger autant qu'il me sera possible ce triste récit ».

« Je suis née à Strasbourg de parens respectables; leur nom, je dois le cacher en ce moment. Mon père vit encore, et ne mérite pas d'être enveloppé dans mon ignominie. Si vous m'accordez la faveur que je désire, vous saurez mon nom de famille. Un misérable s'était rendu maître de mes affections, et pour le suivre je quittai la maison paternelle. Cependant quoique dans mon cœur les passions eussent fait taire la vertu, je ne tombai pas dans cet abandon de tous sentimens d'honneur qui n'est que trop communément le partage des femmes qui ont fait le premier pas dans le vice. J'aimais mon séducteur, je l'aimais passionnément ; hélas! cet enfant, et son aîné qui a été á Strasbourg vous avertir, Monseigneur le Baron, du danger de votre épouse, ne sont que des gages trop évidens de mon amour pour lui, et même en ce moment, je gémis encore de l'avoir perdu, quoique je lui doive tous les malheurs de mon existence.

«Il était d'une noble origine, mais il avait dissipé son patrimoine. Ses parens le regardaient comme l'opprobre de leur nom; ils ne voulurent plus le voir. Ses excès attirèrent sur lui l'indignation de la police; il fut obligé de fuir de Strasbourg, et ne trouva d'autre ressource contre la misère que de s'unir aux brigands qui infestaient la forêt voisine, et qui étaient presque tous des jeunes gens de famille, comme lui, ruinés par leur inconduite. J'étais résolue á ne pas l'abandonner. Je le suivis dans la retraite des brigands, et je partageai avec lui la misère inséparable de la vie qu'il menait. Mais, quoiqu'il ne me fût pas possible d'ignorer que notre existence était uniquement soutenue par le pillage, je ne connaissais pas toutes les horreurs attachées à la profession de mon amant; il me les cachait avec le plus grand soin. Il savait que mon ame n'était pas assez dépravée pour que je pusse voir de sang-froid le carnage et l'assassinat. Il supposait, avec justice, que j'aurais fui loin des bras d'un meurtrier. Huit ans passés ensemble n'avaient pas diminué son amour pour moi ; et il dérobait scrupuleusement á ma connaissance tout ce qui aurait pu me conduire á soupçonner la nature des crimes auxquels il ne participait que trop souvent. Je ne découvris qu'après la mort de mon séducteur que ses mains avaient été rougies du sang de l'innocent.

« Une nuit il fut reporté à la caverne, couvert de blessures ; il les avait reçues en attaquant un voyageur anglais que les autres avaient, bientôt après, sacrifié á leur vengeance. Il n'eut que le temps de me demander pardon pour tous les malheurs où il m'avait entraînée ; il pressa mes mains de ses lèvres, et il expira. Mon chagrin fut inexprimable. Lorsque le temps l'eut un peu calmé, je résolus de retourner á Strasbourg, de me jeter avec mes deux enfans aux pieds de mon père et d'implorer son pardon, quoiqu'il me restât bien peu d'espoir de l'obtenir. Quelle fut ma consternation, quand les brigands me dirent qu'une fois entrée dans leur caverne, il ne m'était plus permis de la quitter ; que jamais ils ne me laisseraient rentrer dans le monde avec le secret de leur retraite, et qu'il fallait, á l'instant même, accepter un d'entr'eux pour mari. Mes prières et mes remontrances furent vaines. Ils tirèrent ma main au sort, et je devins le partage de l'infâme Baptiste. Un d'entre eux, qui avait été Moine, nous maria par je ne sais quelle cérémonie, plutôt burlesque que religieuse; moi et mes enfans nous fûmes livrés á mon nouvel époux, qui nous emmena aussitôt à sa maison.

« Il m'assura qu'il m'aimait depuis longtemps; mais que, par égard et par amitié pour mon premier amant, il avait su contenir ses désirs; il tâcha de me reconcilier avec ma destinée, et pendant quelque temps me traita avec respect et douceur. A la fin, voyant que mon aversion pour lui ne faisait qu'augmenter, il obtint par la violence les faveurs que je persistais á lui refuser. Il ne me restait plus aucun moyen de supporter mes peines avec patience; ma conscience me criait sans cesse que je les avais trop bien méritées. La fuite était impossible, mes enfans étaient au pouvoir de Baptiste, et il avait juré que si je tentais de m'échapper de ses mains, il s'en vengerait sur eux. La cruauté de son caractère m'était trop bien connue, pour me laisser douter qu'il ne remplit ses sermens. Depuis que j'étais avec lui, une triste expérience m'avait convaincue des horreurs de ma situation. Bien différent de mon premier amant, Baptiste se faisait un barbare plaisir de me rendre témoin, malgré moi, des plus affreuses exécutions, et il s'efforçait de familiariser mes yeux et mes oreilles avec le sang et les cris des victimes.

« Mes passions étaient ardentes, mais mon ame n'était pas cruelle; les principes d'une bonne éducation n'en étaient pas effacés. Jugez quel a du être chaque jour mon supplice, á la vue des crimes les plus horribles et les plus révoltans! Jugez combien je devais gémir d'être unie á un homme qui recevait le voyageur confiant avec l'air de la franchise et de l'amitié, au moment même qu'il méditait sa perte! le chagrin altéra ma constitution; le peu de charmes que m'avait donné la nature se flétrit entièrement, et l'abattement de ma figure attestait les souffrances de mon cœur. Cent fois je fus tentée de mettre fin á mon existence; mais le souvenir de mes enfans retenait mon bras. Je tremblais de laisser mes chers enfans au pouvoir de mon tyran, et je tremblais pour leur éducation encore plus que pour leur vie. Le cadet était trop jeune pour profiter de mes leçons; mais dans le cœur de l'aîné, je travaillais sans relâche á enraciner des principes de vertu capables de lui faire éviter les crimes de ses parens. Il m'écoutait avec docilité, et même avec avidité. Dans un âge si tendre, il laissait déjà voir qu'il n'était pas fait pour vivre avec des brigands; et ma seule consolation, parmi tant de peines, était de voir se développer les naissantes vertus de mon cher Théodore.

« Telle était ma situation, lorsque Don Alphonso fut conduit à la chaumière par son perfide postillon. Son air, sa jeunesse, ses manières m'intéressèrent vivement pour lui. L'absence des deux fils de Baptiste me fournit une occasion que, depuis long-temps, je désirais trouver, et je résolus de tout risquer pour sauver Don Alphonso. La vigilance de Baptiste ne me permettait pas de l'avertir des périls qui l'entouraient. Je savais que le moindre mot échappé eût été suivi de ma mort, et quelque pénible et douloureuse que fût ma vie, je n'avais pas assez de courage pour assurer celle d'un autre à mes dépens. Ma seule espérance était de nous procurer du secours de la ville; c'est ce que je résolus de tenter: bien décidée en même-temps de prévenir Don Alphonso du piége qu'on lui tendait, si j'en pouvais trouver l'occasion. Par l'ordre de Baptiste; je montai pour préparer le lit de l'étranger. J'y mis des draps encore teints du sang d'un voyageur égorgé quelques nuits auparavant. J'espérai qu'á cette vue Don Alphonso ouvrirait les yeux sur les funestes projets de Baptiste. Je ne m'en tins pas là. Théodore était retenu au lit par son indisposition ; je me glissai dans sa chambre sans être vue par mon tyran, et l'instruisis de mon dessein, dans lequel il entra avec beaucoup d'ardeur ; il se leva sur-le-champ, quoique malade, et s'habilla très-vîte. Je lui attachai un de ses draps sous les aisselles, et le fis descendre par la fenêtre. Il courut á l'étable, prit le cheval de Claude, et partit pour Strasbourg. Il devait dire aux brigands, s'il en rencontrait, que Baptiste l'avait chargé d'une commission ; mais, par bonheur, il arriva á la ville sans trouver aucun obstacle. Sans perdre de temps il se rendit chez le magistrat, et implora son assistance ; bientôt le récit fait par Théodore passa de bouche en bouche, et parvint á la connaissance de Monsieur le Baron. Inquiet pour son épouse, qu'il savait être en route, il trembla qu'elle ne fût dans les mains des voleurs. Il accompagna Théodore, qui servait de guide aux soldats, et il est arrivé bien á temps pour nous empêcher de retomber au pouvoir de nos ennemis ».

J'interrompis Marguerite, et lui demandai pourquoi l'on m'avait présenté un breuvage assoupissant. Elle me répondit que Baptiste supposait que j'avais des armes, et qu'il voulait me mettre hors d'état de faire résistance; c'était une précaution qu'il prenait toujours, dans la crainte que le désespoir et l'impossibilité de fuir ne portassent les voyageurs á vendre chèrement leurs vies.

Le Baron pria Marguerite de l'instruire du parti auquel elle comptait s'arrêter. Je me joignis au Baron, et j'assurai Marguerite de tout mon empressement á lui prouver ma reconnaissance pour la vie qu'elle m'avait conservée.

« Dégoûtée d'un monde dans lequel je n'ai trouvé que des malheurs, nous répondit-elle, mon projet est de me retirer dans un couvent, mais, avant tout; je dois songer á mes enfans. Ma mère n'est plus, et je crains bien que ma fuite n'ait avancé le terme de ses jours. Mon père vit: ce n'est pas un homme insensible. Peut-être Messieurs, malgré mes fautes et mon ingratitude, votre entremise en ma faveur pourrait l'engager á me pardonner, et à prendre soin de ses malheureux petits-fils. Si vous obtenez cette faveur de mon père, vous vous serez acquittés envers moi bien au-delà du service que je vous ai rendu ».

Nous protestâmes á Marguerite que nous ferions tous nos efforts pour fléchir son père; et que, dût-il rester inflexible, elle pouvait être tranquille sur le sort de ses enfans. Je m'engageai à prendre soin de Théodore, et le Baron promit d'accorder sa protection au plus jeune. Cette mère reconnaissante nous remercia les larmes aux yeux de ce qu'elle appelait notre générosité, quoiqu'au fond ce ne fût qu'une dette bien légitimement contractée envers elle. Elle nous quitta pour coucher son enfant, excédé de fatigue et de sommeil.

La Baronne en reprenant l'usage de ses sens, et en apprenant de quel péril je l'avais sauvée, ne trouva point de termes assez forts pour témoigner sa reconnaissance. Son mari se joignit à elle avec tant d'ardeur pour me presser de les accompagner en Bavière, á leur château, qu'il me fût impossible de ne pas céder á leurs instances. Pendant les huit jours que nous passâmes encore à Strasbourg, les intérêts de Marguerite ne furent pas oubliés : nos démarches auprès de son père eurent tout le succès que nous pouvions désirer. Ce bon vieillard avait perdu sa femme ; il n'avait pas d'autre enfant que cette fille infortunée, dont il n'avait point reçu de nouvelles depuis près de quatorze ans. Il était entouré de parens éloignés, qui attendaient sa mort avec impatience pour jouir de sa succession. Aussi, dès que Marguerite, qu'il s'attendait si peu de revoir jamais, parut devant lui, il la regarda comme un présent du ciel. Il la reçut elle et ses enfans, les bras ouverts, et voulut absolument qu'á l'instant même elle s'établit avec eux dans sa maison. Les cousins, frustrés dans leur attente, furent obligés de céder la place. Le vieillard ne voulut jamais entendre á ce que sa fille se retirât dans un cloître; il dit qu'elle était trop nécessaire á son bonheur, et il obtint d'elle aisément d'abandonner ce dessein. Mais rien ne put engager Théodore à renoncer au plan que j'avais d'abord formé pour lui. Il s'était sincèrement attaché á moi pendant mon séjour á Strasbourg, et quand je fus au moment de partir, il me conjura, les larmes aux yeux, de le prendre à mon service. Il fit valoir de son mieux tous les petits talens qu'il possédait, et n'oublia rien pour me persuader qu'il me serait très-utile en route. J'étais peu disposé á me charger d'un enfant de treize ans, qui ne pouvait guère que m'embarrasser dans mes voyages; mais je ne pus résister aux instances et á l'attachement de ce jeune homme réellement pourvu de mille qualités estimables. Ce n'est pas sans peine qu'il amena ses parens à lui permettre de me suivre; enfin la permission obtenue, il fut décoré du titre de mon page, et après une semaine de séjour en Alsace, Théodore et moi, nous accompagnâmes en Bavière le Baron et son épouse. Nous avions tous les trois forcé Marguerite d'accepter quelques présens assez considérables pour elle et pour l'enfant que nous lui laissions. En la quittant, je promis á cette tendre mère de lui rendre Théodore au bout d'un an.

Lorenzo, je ne vous ai épargné aucun détail de ce récit, pour vous faire bien connaître de quelle manière l'aventurier Alphonso d'Alvarada s'était introduit au château de Lindenberg. Jugez, d'après cela, quelle confiance on peut donner aux assertions de votre tante.

IV.

« Loin de moi, spectre affreux ; rentre dans le sein de la terre. Ton sang est glacé, tes ossemens sont vides, tes yeux sont sans orbite ; ces yeux que tu fixes sur moi. — Disparais, ombre horrible, fantôme sans réalité » !

MACBETH.

Suite de l'histoire de Don Raymond.

Nous voyageâmes désormais sans rencontrer d'obstacle, et même assez agréablement. Je trouvai dans le Baron un homme de bon sens, quoiqu'il connût peu le monde, ayant passé la plus grande partie de sa vie dans l'enceinte de ses domaines. On remarquait une sorte de rusticité dans ses manières ; mais il était gai, et d'un caractère franc et amical, il me montrait des égards, et j'eus tout lieu d'être content de sa conduite envers moi. La chasse était sa passion dominante ; il s'en faisait une occupation sérieuse ; il en parlait avec enthousiasme, comme un guerrier parle de combats. Assez versé moi-même dans cet exercice, j'eus le bonheur, peu de temps après mon arrivée à Lindenberg, de lui donner quelques preuves de ma dextérité; alors je fus á ses yeux un grand homme, et il me voua une amitié éternelle.

Cette particularité ne fut pas pour moi une chose indifférente. J'avais vu, pour la première fois, au château de Lindenberg, la jeune Agnès, votre aimable sœur. Je n'aimais point encore, et je déplorais en secret la froide tranquillité de mon ame; j'aimai bientôt en la voyant: je trouvai dans Agnès tout ce que mon cœur avait long-temps désiré. Elle avait á peine seize ans; mais elle était déjà formée, grande et jolie: elle possédait divers talens, et particulièrement la musique et le dessin; elle était d'un caractère ouvert, d'une humeur enjouée, et l'aimable simplicité de sa parure et de ses manières contrastait á son avantage avec les grâces artificielles et la coquetterie étudiée des femmes de Paris que je venais de quitter. Je fis, sur ce qui la concernait, beaucoup de questions à la Baronne.

« Elle est ma nièce, me répondit cette dame. Vous ignorez donc encore, Don Alphonso, que je suis votre compatriote, sœur du duc de Médina-Cœli? Agnès est fille de mon second frère Don Gaston;

elle est destinée dès le berceau á la vie religieuse, et doit aller incessamment prendre le voile á Madrid ».

Ici Lorenzo interrompit le Marquis par une exclamation de surprise.

« Destinée dès le berceau, dit-il, á la vie religieuse ! Par le ciel, c'est la première fois que j'entends parler de ce projet ».

« Je le crois, mon cher Lorenzo, répondit Don Raymond ; mais écoutez-moi patiemment. Vous ne serez pas moins surpris quand je vous aurai rapporté quelques particularités de votre propre famille, qui vous sont encore inconnues, et que je tiens de la bouche d'Agnès elle-même ».

Il reprit son récit:

Vous ne pouvez ignorer que vos parens ont été malheureusement esclaves de la plus grossière superstition. Toutes les fois qu'une terreur religieuse s'est fait sentir au fond de leur cœur, elle y a étouffé tout autre sentiment, toute autre affection. Votre mère, comme elle portait Agnès dans son sein, fut attaquée d'une maladie dangereuse, et abandonnée par ses médecins. Dans cette situation, Donna Inesilla fit vœu, si elle en revenait, et si l'enfant qu'elle portait était une fille, de la consacrer á Sainte Claire ; ou si c'était un garçon, d'en offrir l'hommage á Sain

Benoît. Ses prières furent exaucées ; elle guérit. Agnès vint au monde, et fut aussitôt destinée au service de Sainte Claire.

Don Gaston se joignit avec empressement au vœu de son épouse ; mais sachant quels étaient les sentimens du duc son frère sur la vie monastique, ils convinrent ensemble de lui cacher soigneusement la destination de votre sœur. Pour tenir ce secret plus en sûreté, il fut résolu qu'Agnès accompagnerait sa tante Donna Rodolphe en Allemagne, où cette dame était sur le point de se rendre avec l'époux auquel elle venait d'être unie, le baron de Lindenberg. A son arrivée, la jeune Agnès fut mise dans un couvent qui se trouvait à quelques lieues du château de son oncle. Les Religieuses auxquelles son éducation fut confiée, remplirent exactement leur tâche ; elles lui firent acquérir á un haut degré de perfection plusieurs talens, et ne négligèrent aucun moyen de lui inspirer le goût de la retraite et des tranquilles plaisirs d'un couvent ; mais un secret instinct faisait vivement sentir au cœur de la jeune fille qu'elle n'était point née pour la solitude. Avec toute la liberté de la jeunesse et de l'enjouement, elle traitait de momeries ridicules la plupart des cérémonies si révérencieusement pratiquées par les Nonnes, et tout son plaisir était d'inventer quelque bon tour qui fit bien pester la mère abbesse ou la sœur tourrière.

Quoiqu'elle ne déclarât pas hautement sa répugnance pour la vie monastique, elle la laissait assez voir. Don Gaston en fut informé ; craignant que votre affection pour votre sœur, Lorenzo, ne s'opposât à son éternel malheur, il eut soin de vous cacher ainsi qu'au Duc, toute l'affaire, jusqu'à ce que le sacrifice pût être consommé. On lui a fait prendre le voile durant votre absence; on n'a pas dit un mot du vœu de Donna Inesilla, on ne laissa jamais á votre sœur, durant son séjour en Allemagne, la faculté de vous adresser une lettre : toutes celles que vous lui écriviez étaient lues avant de lui être remises; on effaçait sans ménagement tout ce qui pouvait lui inspirer des idées mondaines. Toutes ses réponses étaient dictées ou par sa tante, ou par la dame Cunégonde, sa gouvernante. J'ai appris une partie de ces particularités d'Agnès, l'autre de la Baronne elle-même.

Je me déterminai sur-le-champ á sauver, s'il était possible, cette aimable fille du sort affreux dont elle était menacée. Je cherchai à me concilier son affection; je fis valoir auprès d'elle l'amitié intime qui m'unit á vous. Elle m'écoutait si attentivement! elle prenait tant de plaisir á 'entendre faire votre éloge! ses yeux me emerciaient avec une expression si tenlre de mon affection pour son frère! nfin mon atteution constante á la consoer, á lui plaire, parvint à me gagner son œur, et je la contraignis, non sans diffiultés, à avouer naïvement qu'elle m'aiait. Cependant lorsque je lui proposai de uitter le château de Lindenberg, elle efusa formellement de souscrire á ma roposition.

« Soyez généreux, Alphonso, me ditlle; je vous ai donné mon cœur, n'abusez oint de ma tendresse; n'employez point votre ascendant sur mes sentimens pour n'entraîner dans une démarche dont j'aurais á rougir. Je suis jeune et sans appui; mon frère, qui est mon seul ami, est séparé de moi, et mes autres parens me traitent en ennemis. Que ma situation vous inspire de la pitié; ne cherchez point á me séduire; au lieu de me pousser á une action qui me couvrirait de honte, tâchez plutôt de vous concilier l'affection de ceux dont je dépens. Le Baron vous estime; ma tante, impérieuse et hautaine envers tout autre, n'oublie point qu'elle vous doit la vie, et pour vous seul elle est affable et bonne. Essayez donc votre pouvoir sur leur esprit; s'ils consentent á notre union, ma main est à vous. Ami de mon frère, vous obtiendrez, je n'en doute point, son approbation ; et quand mes parens verront l'impossibilité d'exécuter leur projet, j'ose espérer qu'ils excuseront ma désobéissance, et qu'ils sauront, par quelque autre sacrifice, dégager ma mère du vœu fatal dont on attend de moi l'accomplissement ».

Autorisé par l'aveu d'Agnès, et par cette déclaration naïve de ses pensées et de ses vues, je redoublai d'attention envers ses parens, et crus devoir diriger mes pricipales batteries du côté de la Baronne. J'avais pu aisément apercevoir que chacune de ses paroles avait dans le château force de loi, et que son mari, qui la regardait comme un être supérieur, déférait sans réserve à toutes ses volontés.

La Baronne était âgée d'environ quarante ans; elle avait été belle dans sa jeunesse ; mais ses charmes avaient pu être rangés dans la nombreuse catégorie de ceux qui soutiennent mal le choc des années ; cependant il lui restait encore quelques traits de beauté. Son jugement était sain et fort, quand il n'était point obscurci par le préjugé ; mais ce cas était malheureusement fort rare. Ses passions étaient vives ; elle n'épargnait ni soins ni peines pour les satisfaire, et quiconque s'opposait á ses volontés, devait redouter sa vengeance.

Amie ardente ou implacable ennemie, telle était la baronne de Lindenberg.

Je mis tout en usage pour lui plaire, et je ne réussis que trop complètement ; elle parut flattée de mes soins, et me traita avec tant de distinction, que j'en fus par fois alarmé. Une de mes occupations journalières était de lui faire des lectures ; j'y consumais des heures entières, des heures que j'aurais pu passer avec Agnès ! Cependant, toujours persuadé que ma complaisance pour sa tante avançait l'heureux instant de notre union, je me soumettais de bonne grâce á la tâche qui m'était imposée. La bibliothèque de Donna Rodolphe était principalement composée de vieux romans espagnols, et régulièrement chaque jour un de ces volumes était remis en mes mains. C'étaient les longues aventures de *Perce-Forêt*, de *Palmerin d'Angleterre*, et du *Chevalier du Soleil*. Je lisais jusqu'à ce que l'ennui me fit tomber le livre des mains ; cependant le plaisir toujours croissant que la Baronne semblait prendre á ma société m'encourageait, et je persévérais. Elle me donna même un jour une preuve d'affection si marquée, qu'Agnès pensa qu'il était temps de déclarer à sa tante notre affection naturelle.

Un soir que j'étais seul avec Donna Rodolphe dans son appartement (comme nos lectures ne roulaient guère que sur l'amour, Agnès n'y était jamais admise), je me félicitais intérieurement de voir enfin arriver le terme des amours de *Tristan* et de la reine *Iseult*. « Ah, les infortunés ! s'écria la Baronne ; qu'en dites-vous, Alphonso ? Croyez-vous qu'il puisse exister un homme capable d'un attachement si sincère et si désintéressé » ?

« Je n'en doute point, Madame ; car mon propre cœur m'en fournit un exemple. Ah ! Donna Rodolphe, puis-je espérer que vous approuverez mon amour ? puis-je vous nommer celle que j'aime, sans craindre d'encourir votre ressentiment » ?

« Si je vous épargnais un aveu, dit-elle en m'interrompant ; si je vous disais que l'objet de vos désirs m'est connu ; si je vous disais encore que votre affection est payée de retour, et que celle que vous aimez déplore aussi sincèrement que vous-même le malheureux engagement qui la sépare de vous.... » ?

« Ah ! Donna Rodolphe, m'écriai-je en me jetant à ses pieds et pressant sa main contre mes lèvres, vous avez découvert mon secret ; prononcez l'arrêt de mon sort. Puis-je compter sur votre faveur, ou dois-je me livrer au désespoir » ?

Elle voulut retirer sa main, je la retins ;

de l'autre elle se couvrit les yeux, en détournant la tête.

« Comment pourrais-je vous refuser, dit-elle? Ah! Don Alphonso, j'aperçois depuis long-temps vos attentions; j'ignorais jusqu'à ce moment la force de l'impression qu'elles faisaient sur mon cœur; mais je ne puis dissimuler désormais ma faiblesse, ni á moi-même ni á vous. Je cède á la violence de ma passion; Alphonso, je vous adore. — Pendant trois mois entiers j'ai tâché vainement d'étouffer ma tendresse; elle est trop forte, je ne résiste plus á son impétuosité. Orgueil, crainte, honneur, respect de moi-même, mes engagemens avec le Baron, elle a tout surmonté; je sacrifie tout à mon amour pour vous, bien assurée que ce n'est point encore payer assez cher la possession de votre cœur ».

Elle attendit pendant quelques instans une réponse; imaginez, Lorenzo, quelle dut être ma confusion. Je sentis tout-á-coup la force de l'obstacle que moi-même j'avais imprudemment élevé entre Agnès et moi. La Baronne avait pris pour son compte ces attentions dont j'attendais d'Agnès seule la récompense. L'énergie de ses expressions, les regards qui les accompagnaient, et la connaissance que j'avais de ses dispositions vindicatives, tout me fit trembler pour moi-même et pour cell que j'aimais. Ne sachant comment répondre à sa déclaration, tout ce que me fournit en ce moment mon imagination, fu la résolution de la détromper á l'instan même, sans cependant lui nommer Agnès. La vive tendresse qu'un moment auparavant on eût pu lire dans tous mes traits, avait fait place à la consternation. J'abandonnai sa main et me levai: ce changement subit n'échappa point á son observation.

« Que veut dire ce silence, reprit-elle d'une voix tremblante ? où sont ces transports auxquels j'ai cru devoir m'attendre»?

« Pardon, Madame, répondis-je; l'honneur m'oblige de vous dire que vous êtes dans l'erreur. Vous avez pris pour les sollicitudes de l'amour ce qui n'était que l'empressement attentif de l'amitié; ce dernier sentiment est le seul que j'aie désiré de vous inspirer. Mon respect pour vous, ma reconnaissance envers le Baron, n'auraient pas été peut-être des obstacles suffisans contre le pouvoir de vos charmes; ils sont faits, Madame, pour captiver le cœur le plus insensible, s'il n'est point rempli par un autre objet; mais le mien, et c'est sans doute un bonheur pour moi, depuis longtemps n'est plus á ma disposition. Si j'en eusse été le maître, j'aurais eu inévitablement á me reprocher toute ma vie d'avoir violé les lois de l'hospitalité. Rappelez-vous, noble Segnora, ce que vous-même devez à l'honneur, ce que je dois au Baron, et daignez m'accorder, au lieu de ces sentimens que je ne puis jamais payer de retour, votre estime et votre amitié ».

Cette déclaration formelle et inattendue fit pâlir la Baronne.

« Traître, s'écria-t-elle, monstre de perfidie, c'est ainsi qu'est reçu l'aveu de mon amour ! As-tu espéré?.... Mais non ; cela n'est point, cela ne peut pas être.... Alphonso, voyez-moi á vos pieds, soyez témoin de mon désespoir, regardez d'un œil de pitié une femme qui vous aime tendrement. Celle qui possède votre cœur, comment a-t-elle pu le mériter? Quel sacrifice vous a-t-elle fait? Quelles sont les qualités extraordinaires qui la placent au-dessus de Rodolphe » ?

Je voulus la relever.

« Pour Dieu, Segnora, réprimez ces transports ; ils sont désagréables et pour vous et pour moi. Si vos gens entendaient ces exclamations ! Si votre secret était divulgué ! Je vois que ma présence vous irrite, permettez-moi de me retirer ».

Je me préparais á sortir ; la Baronne me saisit tout-à-coup par le bras.

« Et quelle est, dit-elle d'un ton menaçant, cette heureuse rivale? je veux la connaître, je veux.... Elle est sous ma dépendance; oui, vous sollicitez pour elle ma faveur, ma protection. Je saurai la trouver; je lui ferai souffrir tout ce que l'amour outragé est capable d'inventer. Qui est-elle? répondez-moi sur-le-champ. N'espérez pas de la soustraire à ma vengeance; de fidèles agens v nt épier vos démarches, vos actions, vos regards; oui, vos yeux même me découvriront ma rivale; et quand je la connaîtrai, tremblez, Alphonso, pour elle et pour vous ».

Elle prononça ces derniers mots d'un ton si furieux, qu'á peine elle pouvait respirer; elle palpita, gémit et tomba évanouie; je la soutins dans mes bras et la plaçai sur un sopha. Courant alors vers la porte, j'appelai ses femmes á son secours, et l'ayant confiée á leurs soins, je me hâtai de sortir.

Agité et confus au-delá de toute expression, j'entrai dans le jardin. A quoi devais-je me décider, quel parti prendre? Cette malheureuse passion de la tante, l'inexorable superstition des parens d'Agnès, offraient des obstacles á notre union presque insurmontables. Devais-je lui faire part de cette aventure, ou ne devais-je pas plutôt partir sans la voir, sauf á employer d'autres moyens pour la préserver du sort qui la menaçait ?

Je me promenais á grands pas, dans cette cruelle indécision, lorsque, venant á passer devant une salle basse dont les fenêtres donnaient sur le jardin, j'aperçus Agnès assise à une table. Trouvant la porte entr'ouverte, j'entrai ; elle était occupée á dessiner, et plusieurs esquisses imparfaites étaient éparses autour d'elle.

« Oh ! ce n'est que vous, dit-elle en levant les yeux, je puis continuer mon occupation sans cérémonie; prenez une chaise, et asseyez-vous á côté de moi » ?

J'obéis ; je me plaçai près de la table, et ne sachant trop ce que je faisais, je me mis á examiner quelques-uns des dessins qui se trouvaient sous mes yeux ; un de ces sujets me frappa par sa singularité. L'esquisse représentait la grande salle du château de Lindenberg ; dans le fond on voyait une porte á demi-ouverte, conduisant à un escalier étroit; sur l'avant-scène était un groupe de figures dans des attitudes grotesques ; toutes exprimaient la terreur. Ici l'on voyait un homme priant dévotement, á genoux et les yeux élevés vers le ciel; là, un autre marchait á quatre pieds; quelques-uns cachaient leur visage dans leurs vêtemens ou dans le sein de leurs compagnons ; quelques autres, s'étaient blottis sous la table, où l'on voyait les restes d'un grand souper; d'autres encore, avec des yeux effarés et la bouche béante, regardaient fixement un objet, qu'on devinait être seul la cause de ce désordre. Cet objet était une femme d'une haute stature et d'une taille assez svelte, sous l'habit de quelqu'un de nos ordres religieux. Son visage était voilé; á son bras était pendu un chapelet; son vêtement était en plusieurs endroits parsemé de gouttes de sang, qui coulaient d'une large blessure qu'on voyait á son côté. D'une main elle tenait une lampe, et de l'autre un énorme couteau; elle semblait s'avancer vers les grilles de fer de la salle.

« Que signifie ceci, ma chère Agnès, lui dis-je? Est-ce quelque sujet de votre invention » ?

Elle jeta les yeux sur le dessein. « De mon invention? Non, vraiment, dit-elle. Ce sujet est sorti de quelques têtes beaucoup meilleures que la mienne. Comment! il est possible que vous ayez résidé trois mois entiers au château de Lindenberg sans entendre parler de la *Nonne sanglante* » ?

Voilá la première fois que j'entends prononcer ce nom. Et quelle est, je vous prie, cette aimable Nonne.

« C'est ce que je ne puis vous dire bien précisément. Tout ce que j'en connais n'est que le résultat d'une ancienne tradition qui s'est perpétuée dans cette famille de père en fils, et á laquelle on croit fermement dans toute l'étendue des domaines du Baron. Celui-ci y croit lui-même ; et quant à ma tante, dont l'esprit est naturellement porté au merveilleux, elle révoquerait plutôt en doute les vérités de la bible, que l'admirable histoire de la *Nonne sanglante* ; voulez-vous que je vous la raconte » ?

« Oui, répondis-je, vous m'obligerez beaucoup ». Alors plaçant devant elle son dessin :

« Vous saurez, dit-elle d'un ton comiquement grave, qu'il n'est pas une des Chroniques des siècles passés, qui fasse mention de ce remarquable personnage ; chose étonnante ! Je voudrais bien vous raconter sa vie ; mais malheureusement elle n'a été connue qu'après sa mort. Ce n'est qu'alors qu'elle a jugé á propos de faire du bruit dans le monde, et c'est le château de Lindenberg qu'elle a choisi pour le théâtre de ses exploits, ce qui fait du moins honneur á son bon goût. Elle s'y établit donc dans un des plus beaux appartemens, et le commencement de ses opérations, ou de ses amusemens, fut de faire danser avec grand bruit dans le milieu de la nuit les chaises et les tables. Peut-être était-elle somnambule ; mais c'est ce que je ne saurais positivement assurer. Cet amusement, dit la tradition, commença il y a environ cent ans ; il était toujours accompagné de cris, de hurlemens, de gémissemens, de juremens et d'autres semblables gentillesses. Mais quoiqu'un des appartemens fût plus particulièrement honoré de ses visites, les autres n'en étaient pas totalement privés. Elle venait de temps en temps se promener dans les antiques galeries et les salles spacieuses du château ; d'autres fois elle s'arrêtait devant toutes les portes, et lá, pleurait, se lamentait, et remplissait de terreur tous ceux qui l'entendaient. Dans ses exécutions nocturnes, elle a été vüe par plusieurs personnes, qui décrivent toutes son costume, tel que vous le voyez ici représenté par la main de sa très-fidelle et très-humble historiographe ».

La singularité de ce récit excitait insensiblement mon attention.

« Et dites-moi, parle-t-elle á ceux qui la rencontrent » ?

« Non, jamais. Ce que l'on connaît de son caractère et de ses talens nocturnes, n'invite point du tout á lier conversation avec elle. Quelquefois tout le château retentit de ses sermens, de ses exécrations ; un moment après elle répète ses patenôtres. Après avoir proféré, en hurlant, les plus horribles blasphêmes, tout-á-coup elle chante le *De profundis* aussi méthodiquement que si elle était encore au chœur. C'est, en un mot, une dame fort capricieuse ; mais, soit qu'elle prie, soit qu'elle maudisse, qu'elle se montre impie ou dévote, elle épouvante également ses auditeurs. Le château devint presque inhabitable, et celui qui en était alors possesseur fut tellement effrayé de ces visites nocturnes, qu'un beau matin on le trouva mort de peur dans son lit. Ce succès parut faire beaucoup de plaisir à la Nonne ; car elle fit alors plus de tapage que jamais. Mais le nouveau Baron, successeur du défunt, se montra un peu trop fin pour elle ; il ne parut au château qu'accompagné d'un célèbre exorciseur de ses amis, qui osa s'enfermer lui-même une nuit entière dans la chambre habitée par l'effrayante religieuse. Il paraît qu'il y eut alors entre elle et lui de vifs débats ; il paraît même que l'exorciseur eut beaucoup d'ascendant sur elle ; que si elle montrait de l'obstination, son antagoniste en montra encore plus, car il obtint par accommodement que, si on laissait à sa libre disposition le logement qu'elle occupait dans le château, elle laisserait du moins dormir en repos les autres habitans. Pendant quelque temps, après cette convention, on n'en eut plus de nouvelles; mais cinq ans après l'exorciseur vint á mourir, et la Nonne alors se hasarda á reparaître; cependant elle était devenue beaucoup plus traitable. Elle se promenait en silence, et ne paraissait jamais qu'une fois en cinq ans, usage qu'elle a conservé jusqu'á ce jour, si l'on en croit le Baron. Il est très-intimement persuadé que tous les cinq ans, au cinq du mois de mai, aussitôt que l'horloge du château a frappé une heure après minuit, la porte de la chambre habitée par la Nonne s'ouvre (notez que cette porte est condamnée depuis cent ans); le spectre en sort avec sa lampe et son poignard, descend l'escalier de la tour de l'est, et traverse la grande salle. Cette nuit-lá le portier, par respect pour l'apparition, laisse toujours les portes du château ouvertes; ce n'est pas que l'on croie cette précaution nécessaire, car on sait bien que la Nonne pourrait fort aisément passer par le trou de la serrure si elle le jugeait á propos (quoiqu'elle paraisse, au moins en quelques circonstances, être véritablement un corps, puisqu'elle fait, dit-on, du bruit en marchant), mais on veut ici lui faire politesse, et ne pas l'obliger á sortir d'une manière peu conforme á la dignité de sa seigneurie».

« Et où va-t-elle après qu'elle est ainsi sortie du château » ?

« Au ciel, á ce que j'imagine : cependant il ne paraît pas que ce séjour soit fort de son goût, car elle en revient régulièrement après une heure d'absence. La dame rentre alors dans sa chambre, où elle reste de nouveau tranquille pendant l'espace de cinq autres années» ?

« Et vous croyez à tout cela, Agnès » ?

« Pouvez-vous me faire une pareille question? Non, Alphonso, je n'y crois pas. J'ai trop lieu de déplorer, pour mon propre compte, les effets de la superstition pour en pouvoir être entichée moi-même. Cependant, je ne dois pas laisser voir á la Baronne mon incrédulité: elle n'a pas le plus léger doute sur la réalité de cette histoire. Quant á la dame Cunégonde, ma gouvernante, elle affirme avoir vu le spectre de ses deux yeux il y a quinze ans. Elle m'a raconté un de ces soirs comment elle et plusieurs autres domestiques avaient été interrompus dans un souper, et épouvantés par l'apparition de la *Nonne sanglante.* C'est le nom qu'on lui donne dans tout le château, et c'est d'après ce récit que j'ai tracé cette exquisse, où vous pouvez croire que je n'ai pas oublié de placer ma vénérable gouvernante. Je n'oublierai jamais dans quel excès de colère elle est entrée, et combien elle m'a paru l'aide, lorsqu'en voyant ce dessin elle m'a querellée pour l'avoir faite si ressemblante ».

Ici elle me montra une figure grotesque de vieille femme dans une attitude de terreur.

En dépit de la mélancolie qui pesait sur mon ame, je ne pus m'empêcher de rire, en apercevant ce fruit de l'imagination vive et gaie d'Agnès. Elle avait parfaitement conservé la ressemblance de Cunégonde; mais elle avait si ingénieusement exagéré les défauts de son visage et rendu chaque trait si ridicule, que je conçus sans peine quelle avait du être la colère de la duègne.

« La figure est admirable, ma chère Agnès; je ne savais pas que vous possédassiez à ce point le talent de saisir le ridicule».

« Un moment, dit-elle en se levant, je veux vous montrer une figure encore plus ridicule, et dont vous pourrez disposer á votre gré. Venez avec moi ».

Elle entra alors dans un cabinet un peu écarté, ouvrit un tiroir, ensuite une boîte, et en tira un médaillon contenant un dessin couvert d'un cristal.

« Connaissez-vous l'original de ce portrait, dit-elle en souriant » ?

« C'est vous-même, m'écriai-je ; et vous me le donnez, Agnès !.... ».

Transporté de joie, je le pressai contre mes lèvres, et me jetant à ses pieds, je lui témoignai, avec les expressions les plus tendres, ma reconnaissance. Elle m'écoutait avec bonté, et m'assurait qu'elle partageait mes sentimens, lorsque je fus tout-à-coup réveillé par un cri perçant qu'elle poussa en retirant sa main, que je pressais dans les miennes, et en se sauvant par une porte qui donnait sur le jardin. Etonné de ce mouvement, je me relève, et j'aperçois près de moi la Baronne, presque suffoquée par l'excès de sa fureur jalouse. Au sortir de son évanouissement, elle avait mis son imagination á la torture pour deviner quelle pouvait être sa rivale. Agnès était la première sur qui devaient naturellement se porter ses conjectures, qui se changèrent alors en certitude. Se proposant d'interroger Agnès, elle était entrée à petit bruit, précisément á l'instant où celle-ci me donnait son portrait; elle avait entendu mes tendres protestations, et m'avait vu à ses genoux.

« Mes soupçons étaient donc justes, dit-elle après quelques instans de silence ; la coquetterie de ma nièce a triomphé, et c'est á elle que je suis sacrifiée. Cependan j'ai, dans mon malheur, quelques motif de consolation; je ne serai pas seule trom pée dans mon attente; et vous aussi, vou connaîtrez ce que c'est que l'amour san espoir. J'attends tous les jours, pou Agnès, l'ordre de se rendre près de se parens. Aussitôt après son arrivée, ell prendra le voile, et vous pourrez, Mon sieur, porter votre tendresse ailleurs Epargnez-vous, de grâce, des sollicitations ajouta-t-elle, sans me permettre de par ler; ma résolution est inébranlable. Vo tre amante restera jusqu'á son départ pri sonnière dans ma chambre. Quant á vous Don Alphonso, je dois vous informer qu votre présence ici ne peut plus être agré able ni au Baron ni à son épouse. Ce n'es pas pour conter des douceurs á ma nièc que vos parens vous ont envoyé en Alle magne, c'est pour y voyager; et je m reprocherais de mettre plus long-temp obstacle à un si louable dessein. Adieu Monsieur, souvenez-vous que demain dan la matinée, nous devons nous voir pour l dernière fois ».

Quand elle m'eut ainsi donné mon congé en bonne forme, elle me lança un regard á la fois méprisant et malicieux, et sortit. Je me retirai á mon appartement, et passai la nuit á rêver aux moyens de soustraire

Agnès au pouvoir tyrannique de sa tante.

Après la déclaration formelle de la Baronne, il m'était impossible de faire un plus long séjour au château de Lindenberg. J'annonçai donc dès le lendemain matin mon intention de partir sur-le-champ. Cette résolution parut faire sincérement de la peine au Baron ; il me montra même, à cette occasion, un attachement si vif, que je crus devoir le mettre, s'il était possible, dans mes intérêts ; mais á peine eus-je prononcé le nom d'Agnès, qu'il m'interrompit brusquement, en me déclarant qu'il lui était absolument impossible de se mêler de cette affaire. Je vis que je perdrais mes représentations ; la Baronne le gouvernait despotiquement, et la réponse du Baron m'annonçait clairement qu'elle avait déjà parlé.

Agnès ne parut point ; je demandai la permission de prendre congé d'elle ; ma demande fut rejetée. Je fus obligé de partir sans la voir.

Le Baron, en me quittant, me prit la main affectueusement, et m'assura qu'aussitôt que sa nièce serait partie, je pouvais regarder sa maison comme la mienne.

« Adieu, Don Alphonso », me dit la Baronne en me tendant la main.

Je pris cette main ; je la portais á mes

lèvres; elle ne le permit pas. Voyant son mari à l'autre bout de l'appartement,

« Prenez soin de vous-même, continua-t-elle; mon amour s'est changé en haine, et ma vanité blessée ne restera pas oisive. Allez où vous voudrez, ma vengeance vous suivra ; adieu ».

Ces mots furent accompagnés d'un regard foudroyant. Je ne répondis point ; je me hâtai de quitter le château.

En sortant de la cour, dans ma chaise de poste, je regardai aux fenêtres de votre sœur ; elle n'y était pas. Je m'enfonçai désespéré dans la voiture.

J'avais alors, pour toute suite, un domestique français que j'avais pris á Strasbourg, á la place de Stephano, et le petit page dont je vous ai déjà parlé. La fidélité, l'intelligence et la bonne humeur de Théodore me l'avaient déjà rendu cher ; mais en ce moment il me rendait, à mon insu, un service bien propre á me le faire aimer encore davantage. A peine avions-nous fait une demi-lieue au sortir du château, qu'après avoir galoppé á toute bride, il nous rejoignit et s'approchant de ma chaise:

« Prenez courage, me dit-il en langue espagnole, qu'il commençait à parler très-couramment; tandis que vous étiez avec le Baron, j'ai épié le moment où la dame Cunégonde était descendue, et suis monté á la chambre au-dessus de celle de Mademoiselle Agnès. Je me suis mis á chanter, aussi haut que je l'ai pu, un air allemand qu'elle chante souvent, espérant qu'elle reconnaîtrait ma voix. Elle l'a reconnue en effet ; sa fenêtre s'est ouverte ; j'ai laissé tomber un cordon dont je m'étais pourvu. Ayant entendu, après quelques instans, sa fenêtre se refermer, j'ai retiré doucement, et sans me laisser voir, le cordon, au bout duquel j'ai trouvé ce petit billet attaché».

Il me présenta alors un papier à mon adresse. Je l'ouvris avec impatience : il contenait les mots suivans, écrits au crayon :

« Cachez-vous dans quelque village voi-
« sin pendant une quinzaine. Ma tante
« croira que vous avez quitté Lindenberg,
« et me rendra la liberté. Dans la nuit du
« 30 de ce mois, je serai á minuit au pa-
« villon de l'ouest. Ne manquez pas de
« vous y trouver, et nous pourrons con-
« certer ensemble nos plans pour l'avenir ;
« adieu.

« Agnès ».

La lecture de ce billet me causa la joie la plus vive ; je ne trouvai point de mots pour témoigner á Théodore l'excès de ma reconnaissance. Son attention et son adresse méritaient véritablement les plus grands éloges. Vous croirez aisément que je ne lui avais point fait confidence de ma passion pour Agnès; mais son coup-d'œil était fort juste, il avait deviné mon secret; et, aussi discret qu'il était clairvoyant, il avait gardé pour lui seul ses remarques. Notez encore qu'ayant observé en silence tout le progrès de cette affaire, il ne s'en était mêlé qu'á l'instant même où mon intérêt avait exigé indispensablement son intervention. J'admirai également son bon sens, sa pénétration, son adresse et sa fidélité. Ce n'était pas la première preuve qu'il me donnait de sa promptitude et de sa capacité. Durant mon séjour á Strasbourg, il avait appris en très-peu de temps, et avec beaucoup de succès, les élémens de la langue espagnole; il passait la plus grande partie de son temps á lire; il était fort instruit pour son âge, et réunissait aux avantages d'une jolie tournure, d'une figure agréable, ceux d'un jugement fort sain et d'un excellent cœur. Son âge est á présent quinze ans; il est toujours à mon service, et quand vous le verrez, je suis sûr qu'il vous plaira. — Excusez cette digression; je reviens à mon sujet.

Fort empressé de suivre exactement les instructions d'Agnès, je fis route jusqu'á Munich. Là, je laissai ma chaise sous la garde de Lucas, mon domestique français, et revins à cheval jusqu'á un petit village éloigné de deux lieues tout au plus du château de Lindenberg. Après avoir retenu dans une auberge l'appartement le plus isolé, je fis á l'aubergiste une histoire imaginaire, afin qu'il ne s'étonnât point de notre long séjour dans sa maison. Le bonhomme était heureusement crédule et peu curieux; il crut tout ce que je lui dis, et ne chercha point à en savoir plus. Théodore seul était avec moi; nous étions tous deux déguisés, et, sortant rarement l'un et l'autre de notre appartement, nous n'excitâmes aucun soupçon; la quinzaine se passa de cette manière. Cependant j'eus dans cette intervalle l'occasion de me convaincre par moi-même qu'Agnès était rendue à la liberté; je la vis passer dans le village, accompagnée de la vieille Cunégonde.

« Quelles sont ces dames, dis-je á mon hôte, comme la voiture passait » ?

« La nièce du Baron de Lindenberg, répondit-il, avec sa gouvernante. Elle va régulièrement tous les Vendredis au couvent de Sainte-Catherine, où elle a été elevée, et qui n'est qu'á un quart de lieue d'ici ».

Vous imaginez aisément avec quelle impatience j'attendis le Vendredi suivant. Je vis de nouveau ma chère Agnès: elle-même m'aperçut comme elle passait devant la porte de l'auberge. La rougeur qui couvrit tout-á-coup ses joues, m'annonça qu'elle m'avait reconnu á travers mon déguisement. Je la saluai profondément ; elle ne me répondit que par un léger mouvement de tête, comme on rend le salut à un inférieur, et regarda de l'autre côté, jusqu'à ce que la voiture fût passée.

Cette soirée, si long-temps attendue, si long-temps désirée, arriva. Elle était calme ; et la lune brillait de son éclat. Aussitôt qu'il fut onze heures, je partis pour le rendez-vous. Théodore s'était pourvu d'une échelle ; j'escaladai sans difficulté les murs du jardin ; le page me suivit, et tira l'échelle après lui. Je gagnai alors le pavillon de l'ouest, et lá, j'attendis impatiemment l'arrivée d'Agnès. A chaque léger souffle dont le vent agitait les arbres, á chaque feuille qu'il faisait tomber, je croyais entendre son pas, et me levais pour aller au-devant d'elle. Ainsi je passai une heure entière, dont les mômens me parurent autant de siècles. L'horloge du château sonna enfin minuit, et après un autre quart-d'heure, passé dans les mêmes transes, j'entendis enfin le pied léger d'Agnès, qui s'approchait avec beaucoup de précaution. Elle parut ; je la conduisis à un siége, et là, me jetant á ses pieds, je lui exprimai toute ma reconnaissance.

« Nous n'avons pas de temps á perdre ; Alphonso, dit-elle en m'interrompant; les momens sont précieux; je ne suis plus á la vérité consignée dans ma chambre, mais Cunégonde épie toutes mes démarches. Un exprès est arrivé de la part de mon père ; je dois partir incessamment pour Madrid, et c'est avec beaucoup de peine que j'ai obtenu une semaine de délai. La superstition de mes parens, soutenue par les représentations de ma cruelle tante, ne me laisse aucun espoir de parvenir á les fléchir. J'ai donc résolu, dans cette alternative, de me confier á votre honneur ; fasse le ciel que je n'aie jamais lieu de me repentir de ma résolution! La fuite est mon unique ressource pour me sauver des horreurs de l'esclavage monastique, et l'imminence du danger doit faire excuser mon imprudence ».

« Oh! partons, lui dis-je, partons dès ce soir même, ma chère Agnès.... ».

« Non, répondit-elle en m'interrompant, les mesures ne sont pas prises pour une prompte fuite. Il y a d'ici à Munich au moins deux journées de chemin; les émissaires actifs de ma tante nous auraient arrêtés peut-être avant que nous fussions sortis des dépendances du Baron. D'ailleurs, mon absence du château ne souffrirait qu'une seule interprétation, et il n'y aurait point de doute sur le motif de ma disparition. Pour ne rien confier au hasard, et pour égarer plus sûrement l'attention des surveillans, j'ai conçu un autre projet qui vous paraîtra peut-être bizarre, mais que je regarde comme infaillible, et que j'aurai le courage d'exécuter. Ecoutez-moi :

« Nous sommes aujourd'hui au trente avril. C'est dans la nuit du cinq mai, c'est-á-dire, dans cinq jours, que doit avoir lieu l'apparition de cette religieuse fantastique. Dans ma dernière visite au couvent, je me suis procuré un habit convenable pour jouer ce rôle; une amie que j'y ai laissée, et á qui je n'ai pas fait scrupule de confier mon secret, a consenti á me prêter un de ses habits religieux; j'ai trouvé ailleurs le reste de l'accroûtement, et ma taille et ma stature répondent assez bien à ce qu'on rapporte de la Nonne...».

Cette idée me réjouit infiniment.

« Dans cette intervalle, continua Agnès, vous aurez le temps de vous procurer une voiture bien attelée, avec laquelle vous m'attendrez á peu de distance de la grande porte du château. Aussitôt que l'horloge sonnera une heure, je sortirai de ma chambre dans mon attirail de spectre; tous ceux que je pourrai rencontrer seront trop effrayés pour s'opposer á ma sortie. J'ai teindrai aisément la porte principale, et me remettrai alors sous votre protection. Ainsi notre fuite sera plus prompte et plus sûre : dans le trouble, on s'apercevra moins promptement de ma disparition, les soupçons du moins se partageront, peut-être même la regardera-t-on comme un événement surnaturel. Je ne doute pas du succès. Mais s'il était possible, Alphonso, que vous me trompassiez ; si vous ne voyez qu'avec mépris mon imprudente confiance; si elle n'était payée par vous que d'ingratitude ; jamais, non, jamais le monde n'aurait vu un être plus malheureux que moi. Je sens tout le danger auquel je m'expose ; je sens que je vous donne le droit de me traiter avec légèreté ; mais je me confie a votre amour, a votre honneur. La démarche que je vais faire allumera contre moi la colère de mes parens. Si vous m'abandonniez, si vous me trahissiez, je n'aurais point d'ami pour prendre ma défense : sur vous seul repose toute mon espérance ; si votre cœur ne vous parlait pas en ma faveur, je serais perdue sans retour ».

Elle prononça ces derniers mots d'un ton si touchant, que, malgré la joie que me causait en ce moment sa promesse de me suivre, j'en fus profondément affecté. Elle laissait tomber languissamment sa tête sur mon épaule; je vis á la clarté de la lune que des larmes coulaient de ses yeux. Après lui avoir dit que j'allais employer tous mes moyens pour seconder l'exécution de son projet, qui me paraissait fort bien conçu, je lui jurai, dans les termes les plus solennels, que sa vertu et son innocence seraient toujours en sûreté sous ma garde; que, jusqu'aù moment où le don libre et légal de sa main m'aurait fait son heureux époux, son honneur serait aussi sacré pour moi que celui d'une sœur; que mon premier soin serait de vous chercher, Lorenzo, et de vous intéresser à notre union. Je continuais á lui faire ces tendres et sincères protestations, lorsqu'un bruit, venant du dehors, excita notre attention. La porte du pavillon s'ouvrit tout-á-coup, et nous aperçûmes Cunégonde. Ayant entendu Agnés sortir de sa chambre, elle l'avait suivie dans le jardin, et l'avait vue entrer dans le pavillon. A la faveur de l'obscurité, elle s'était approchée le long des arbres en silence et sans être aperçue par Théodore, qui se tenait á quelque distance près de l'échelle. Cunégonde avait encore entendu toute notre conversation.

« Fort bien, s'écria-t-elle d'une voix presqu'étouffée par la colère. Admirable, Mademoiselle! Sainte Barbe! Vous avez d'excellentes inventions ! Vous voulez contre faire la *Nonne sanglante !* Quelle impiété ! Quelle incrédulité ! Je suis en vérité tentée de vous laisser poursuivre votre projet, pour voir comment la vraie Nonne vous arrangera, si elle vous rencontre. Et vous, Don Alphonso, n'êtes-vous pas honteux de séduire ainsi une jeune créature sans expérience, de l'exciter á quitter sa famille et ses amis? Pour cette fois du moins, je renverserai vos projets malicieux ; la bonne Dame sera informée de toute cette affaire, et Mademoiselle Agnès sera obligée d'attendre pour jouer la Religieuse une meilleure occasion. Adieu, Monsieur. — Allons, très-*chère sœur*, Donna Agnès, voulez-vous me permettre de vous reconduire á l'instant á votre *cellule* » ?

En disant ces mots, elle s'approcha du sopha sur lequel était assise sa tremblante pupille, la prit par la main, et se prépara á l'emmener avec elle hors du pavillon.

Je la retins ; j'employai pour la gagner, sollicitations, flatteries, promesses ; tout fut inutile. Après avoir épuisé ma rhétorique, je renonçai aux moyens de douceur.

« Eh bien ! lui dis-je, las de sa résistance, votre obstination trouvera sa punition. Il me reste un seul moyen de sauver Agnès, de me sauver moi-même; vous m'y forcez, et je n'hésiterai pas á l'employer ».

Epouvantée de cette menace, Cunégonde fit de nouveaux efforts pour sortir du pavillon; mais alors je la saisis par le milieu du corps et la retins de force. Au même instant Théodore, qui était entré après elle dans le pavillon, en ferma la porte. Prenant alors le voile d'Agnès, je me hâtai d'en entortiller la tête de la duègne, qui poussait des cris si perçans, que je craignis qu'ils ne fussent entendus du château, malgré la distance qui le séparait du pavillon. A la fin, je parvins, avec le secours de Théodore, á bâillonner si complètement la pauvre Cunégonde, qu'il ne lui fut plus possible de pousser un seul cri. Nous eûmes beaucoup plus de peine á lui lier, avec nos mouchoirs de poche, les pieds et les mains; nous y parvînmes cependant. J'invitai Agnès á se retirer promptement dans sa chambre, lui promettant qu'il n'arriverait point d'autre mal á sa gouvernante, et lui rappelant que, conformément á son plan, je me trouverais exactement, la nuit du cinq mai á la grande porte du château. Nous nous dîmes un tendre adieu. Tremblante, respirant à peine, il ne lui restait que la force nécessaire pour me promettre de nouveau qu'elle accomplirait son projet ; le cœur plein de trouble et de confusion, elle se rendit á son appartement.

« Il faut avouer, dit Théodore en riant, que nous avons fait là une riche capture. Eh! qu'allons-nous faire de cette antiquaille » ? Je lui dis de m'aider sans perdre de temps. Nous la hissâmes par-dessus le mur, et ne trouvant aucun meilleur moyen de la transporter á notre auberge, nous prîmes le parti de l'attacher, en travers, sur la croupe de mon cheval, en guise de porte-manteau ; et je partis avec elle au galop. La malheureuse duègne n'avait de sa vie fait un voyage aussi désagréable ; elle fut tellement secouée et ballottée, qu'á son arrivée elle n'avait plus l'air que d'une momie vivante, sans parler de son effroi, lorsque nous traversâmes une petite rivière que nous ne pouvions éviter de passer pour nous rendre au village. Pour l'introduire dans l'auberge, sans être vue de notre hôte, il fallut user de stratagême. Nous descendîmes de cheval l'un et l'autre á l'entrée de la rue. Théodore me précéda de quelques pas ; l'aubergiste ouvrit la porte, tenant une lampe dans sa main.

« Donnez-moi cette lumière, dit le page, voici mon maître qui vient ».

Il prit la lampe des mains de l'aubergiste et la laissa tomber, conformément á mes instructions. Tandis que le bonhomme était allé la rallumer á sa cuisine, j'eus le temps de monter la duègne dans mes bras, sans être aperçu, et de l'enfermer dans le cabinet le plus reculé de l'appartement. Bientôt l'aubergiste et Théodore reparurent avec des lumières. Le premier témoigna sa surprise de nous voir rentrer si tard, mais il ne fit point de questions indiscrètes, et nous laissa dans l'enchantement que nous causait le succès de notre expédition.

Je rendis aussitôt visite á ma prisonnière, et l'invitai à se soumettre patiemment à une réclusion qui ne serait que momentanée. Ma tentative fut vaine. Ne pouvant ni parler ni se mouvoir, quoiqu'elle pût aisément respirer, elle m'exprimait par ses regards l'excès de sa furie. Je n'osais ni la délier ni la débrider que pour lui laisser prendre quelque nourriture; mais alors je tenais une épée nue sur son sein, en lui signifiant que, si elle osait pousser un seul cri, je la perçais de part en part. Aussitôt qu'elle avait mangé, nous lui replacions ce que Théodore appelait sa bride. Ce procédé était cruel sans doute; il ne peut être justifié que par l'urgence des circonstances, et par la nécessité d'arrêter le mal que cette intraitable

Mégère voulait nous faire. Quant á Théodore, il n'avait pas sur ce sujet le plus léger scrupule. La captivité de Cunégonde l'amusait infiniment. Pendant son séjour au château, ils avaient été, la duègne et lui, continuellement en guerre. A présent qu'il tenait son ennemi en son pouvoir, il en triomphait sans miséricorde, et ne paraissait occupé que du soin de lui faire á chaque moment quelque nouvelle espièglerie. Quelquefois il affectait d'avoir pitié de son infortune, et tout-à-coup riait aux éclats. D'autres fois il lui peignait le trouble, et surtout les regrets que devait occasionner au château sa disparition. Cette dernière conjecture n'était pas totalement dénuée de fondement ; car Agnès seule pouvait savoir ce qu'était devenue sa gouvernante, et j'ai su depuis qu'on l'avait cherchée dans tous les coins et recoins du château ; qu'on avait inutilement séché les puits et fait une battue dans les bois pour la trouver. Agnès gardait le secret, et je gardais la duègne. La Baronne resta donc dans une ignorance totale sur le sort de sa vieille protégée, et finit par soupçonner qu'elle s'était volontairement donné la mort. Ainsi se passèrent les cinq jours, durant lesquels j'avais tout préparé pour la grande entreprise.

En quittant Agnès, mon premier soin

avait été de dépêcher á Munich un paysan avec une lettre á Lucas, par laquelle je lui ordonnais de m'envoyer au plutôt une voiture attelée de quatre chevaux, en sorte qu'elle arrivât á dix heures du soir au plus tard, le cinq de mai, au village de Rosenvald. Lucas exécuta ponctuellement mes ordres, la voiture arriva à l'heure fixée.

Cunégonde devenait encore plus furieuse á mesure que s'approchait le moment qui devait remettre en mes mains la garde de sa pupille. Dans quelques instans je craignis que la colère ne la suffoquât; cependant ayant assez heureusement découvert qu'elle avait beaucoup de goût pour l'eau-de-vie de cerises, je m'empressai de lui en fournir en abondance, ce qui nous permit quelquefois de la débrider. Cette liqueur avait la vertu d'adoucir merveilleusement l'acrimonie de son humeur, et, faute d'un autre amusement, elle s'enivrait dès le matin.

Le cinq mai arriva; cette époque ne sortira jamais de ma mémoire. Minuit n'était pas encore sonné que j'étais déjá au rendez-vous. Théodore m'accompagnait á cheval. Je cachai la voiture dans une caverne qui se trouve sur le côté de la montagne où le château de Lindenberg est situé. Cette caverne est spacieuse et profonde.

Les paysans la nomment *caverne de Linden.*

Le ciel était serein et la nuit calme. Des rayons de la lune tombaient á pic sur les tours antiques du château, dont ils argentaient les sommets. On n'entendait que le bruissement des feuilles agitées par le vent frais de la nuit, quelques aboiemens qui partaient des villages voisins, et le cri d'un hibou qui s'était établi sur un des angles de la *tour de l'Est.* Ce cri lugubre me fit lever les yeux ; je l'aperçus sur la corniche d'une fenêtre, que je reconnus pour être celle de l'appartement réservé á la Nonne sanglante, dont cette particularité me retraça en un moment toute l'histoire. Je poussai un soupir, en réfléchissant sur le pouvoir de la superstition et sur la faiblesse de la raison humaine. Bientôt aussi j'entendis d'autres sons venant du château, et qui paraissaient être les reflets d'un concert de voix et d'instrumens.

« Quelle est cette musique ? dis-je á Théodore. A quelle occasion y a-t-il ce soir concert au château » ?

« J'ai appris aujourd'hui, me répondit le page, qu'un étranger de distinction y était arrivé. Il est passé ce matin á Rosenvald. On dit que c'est le père de Donna Agnès. Le Baron lui aura probablement donné cette fête á son arrivée ».

Bientôt après la cloche du château annonça minuit. A ce signal, toute la famille était dans l'usage d'aller au lit. Je vis en effet, par tout le château, des lumières allant et venant dans diverses directions, d'où je conjecturai que la compagnie se séparait. J'entendis les grilles pesantes s'ouvrir et se fermer á grand bruit sur leurs gonds rouillés, et faire tressaillir les vitraux. La chambre d'Agnès donnait sur le côté opposé du château. Je craignis qu'elle n'eût pu se procurer la clef de l'appartement abandonné de la tour de l'est, ce qui lui était cependant indispensablement nécessaire pour pouvoir descendre dans la grande salle par le petit escalier. Occupé de cette idée, je tenais les yeux constamment fixés sur la fenêtre, espérant apercevoir á tout instant la lueur si désirée d'une lampe dans les mains d'Agnès. Au milieu de mon impatience, j'entendis retirer les énormes verroux de la porte principale, et je distinguai le vieux Conrad, portier du château. Tenant une chandelle à la main, il ouvrit toutes les portes, et se retira. Insensiblement les lumières disparurent l'une après l'autre, et bientôt le château fut totalement dans l'obscurité.

J'étais assis sur une grosse pierre détachée de la montagne. L'aspect tranquille des objets qui m'environnaient, m'inspirait des idées mélancoliques, mais douees. Le château que j'avais en pleine perspective, m'offrait un objet également imposant et pittoresque. Ses murailles massives, teintes par les pâles rayons de la lune ; ses tourelles á demi-ruinées, dont les pointes étaient voisines des nuages, et semblaient les défier ; ces créneaux, ces bastions couverts de lierre, et particulièrement ces portes ouvertes en l'honneur d'une apparition surnaturelle ; tous ces objets contribuèrent á me pénétrer d'une lugubre et respectueuse horreur. Ces sensations se joignaient à mon impatience pour me faire sentir plus vivement avec quelle extrême lenteur le temps semblait s'écouler. J'approchai davantage du château, et me déterminai á en faire le tour. J'aperçus encore une lueur légère á la fenêtre de la chambre d'Agnès. Comme je continuais á regarder vers ce point, je vis l'ombre d'une personne s'approcher de la vitre, et fermer plus exactement le rideau pour cacher totalement une lampe allumée. Convaincu par cette observation qu'Agnès n'avait point abandonné notre plan, je revins joyeux á mon poste.

La demie sonna ; ensuite les trois quarts. Le cœur me battait d'espoir et de crainte. A la fin, l'instant si long-temps attendu arriva. L'horloge sonna une heure. Le son fut répété par tous les échos du château et des environs. Je tins mes yeux fixés sur la fenêtre de l'appartement de *la tour de l'Est*. Cinq minutes s'étaient á peine écoulées, que j'y vis paraître de la lumière. J'étais en ce moment le plus près possible de la tour. La fenêtre n'était pas fort élevée ; je crus apercevoir une figure de femme, portant une lampe en sa main, et marchant lentement le long de l'appartement. La lumière s'éloigna par degrés, et bientôt elle disparut.

Je reconnus, à quelques lueurs que je vis briller aux fenêtres de l'escalier, que mon aimable *revenant* le descendait. Je suivis également la lumière tout le long de la grande salle ; elle atteignit la porte principale ; elle la passa : je vis Agnès.

Elle était costumée exactement comme elle m'avait décrit le spectre. Un chapelet était pendu à son bras. Sa tête était couverte d'un long voile blanc. Son vêtement était parsemé de gouttes de sang ; elle tenait d'une main une lampe, et de l'autre un poignard. Je courus á sa rencontre, et la pris dans mes bras.

« Agnès, lui dis-je en la pressant contre mon cœur :

« Agnès, Agnès, tu es à moi ;
« Je suis à toi pour la vie.
« Tant qu'une goutte de sang restera dans mes veines,
« Mon cœur, mon ame, tout mon être est à toi».

Effrayée, pouvant à peine respirer, elle laissa tomber sa lampe et son poignard ; et sans proférer une seule parole, tomba elle-même sur mon sein. Je la portai dans mes bras, et la plaçai dans la voiture. Alors j'ordonnai á Théodore de retourner à l'instant même au village, et de remettre dans deux jours Cunégonde en liberté. Je le chargeai aussi de faire porter lui-même á la Baronne une lettre, dans laquelle je lui expliquais toute l'affaire, et la priais instamment d'obtenir le consentement de Don Gaston á mon union avec sa fille ; je lui découvrais mon véritable nom, ma naissance et mes espérances, et l'assurais que, s'il n'était pas en mon pouvoir de répondre á son amour, je saurais du moins ne rien négliger pour obtenir son estime et son amitié.

Je montai en voiture, aussitôt après y avoir placé Agnès. Théodore ferma la portière, et les chevaux partirent au galop. Ils couraient avec la plus étonnante vîtesse. J'en fus charmé au commencement; cependant, réfléchissant que très-probablement nous n'étions pas poursuivis, je criai aux postillons que rien ne nous pressait si fort, et leur ordonnai de modérer leurs pas. Les postillons voulurent en vain m'obéir. Les chevaux, comme effrayés, n'étaient plus sensibles au frein ; ils continuèrent á courir, á souffler, á hennir. Les conducteurs, redoublant vainement d'efforts pour les contenir, furent tous á la fois jetés par terre. Les cris qu'ils poussèrent en tombant, m'avertirent de la grandeur du danger que je courais. En ce moment-lá même de sombres nuages obscurcirent le firmament. J'entendis mugir horriblement les vents déchainés ; les éclairs brillaient en se croisant, le tonnerre grondait. Jamais je n'avais vu une aussi effroyable tempête. Plus effrayés encore par ce choc universel des élémens, les chevaux semblaient á chaque instant redoubler de vîtesse. Rien ne les arrêtait; les haies, les fossés, les plus dangereux précipices, ils franchissaient tout avec la rapidité des éclairs.

Malgré tout ce désordre, je continuais á tenir dans mes bras ma triste compagne, qui paraissait être toujours sans mouvement et sans connaissance. Excessivement alarmé, plus encore pour elle que pour moi, je fis tous mes efforts pour la faire revenir de son évanouissement ; mais en ce moment un craquement épouvantable vint terminer bien douloureusement mes inquiétudes. L'essieu se rompit; la voiture se brisa en mille pièces, et ma tête, en tombant, frappa contre une pierre. La violence du coup, mes craintes pour Agnès, m'eurent bientôt fait perdre connaissance á moi-même. Je restai étendu sur la place sans mouvement et sans aucune apparence de vie.

Il est probable que je demeurai longtemps en cet état, car il était grand jour quand j'ouvris les yeux. J'aperçus alors autour de moi plusieurs paysans, qui débattaient entre eux la question de savoir si j'en reviendrais ou si je n'en revindrais pas. Je parlais allemand passablement. ussitôt que je pûs articuler un mot, je demandai des nouvelles d'Agnès. Quels rent et ma surprise et mon chagrin, orsque les paysans m'assurèrent qu'ils 'avaient vu personne qui ressemblât au ortrait que j'en faisais! Ils me dirent u'en allant à leur travail journalier, ils vaient été étonnés de trouver sur leur hemin les débris de ma voiture, et attirés ar les gémissemens d'un des chevaux, le eul qui fût resté vivant; les trois autres taient morts presque á mes côtés. Les aysans m'avaient trouvé, seul avec eux, tendu sur le chemin. Excessivement inquiet sur le sort d'Agnès, je donnai aux paysans son signalement; je leur décrivis son habillement et sa figure, et les priai de se disperser dans les environs, promettant une récompense considérable á celui qui m'en apporterait quelques nouvelles. Quant á moi, il me fut impossible de joindre mes recherches aux leurs; je m'étais, en tombant, enfoncé deux côtes; un de mes bras était démis, et j'avais reçu á la jambe gauche une si forte contusion, que je n'espérais pas en jamais recouvrer l'usage.

Les paysans firent ce que je leur demandais. Tous me quittèrent, á l'exception de quatre, qui, ayant formé avec des branches une espèce de brancard, se disposèrent á me transporter á la ville la plus prochaine. J'en demandai le nom; il me dirent que c'était Ratisbonne. « Ratisbonne! m'écriai-je; est-il possible que j'aie fait en une demi-nuit autant de chemin? Ce matin á une heure, et même après, j'ai traversé le village de Rosenvald ». A ces mots les paysans secouèren les oreilles, en se faisant entendre par signes que ma tête n'était pas bien remise.

Je fus déposé dans une assez bonne auberge, et placé dans un lit. On fit venir un chirurgien, qui raccommoda mon bra avec assez de succès, et pansa de mêm mes autres blessures. Il me dit qu'aucune n'était absolument dangereuse ; mais il m'ordonna de rester tranquille, et de me préparer á un traitement long et peu amusant. « Il n'est qu'un moyen, lui dis-je, de me tranquilliser, c'est de me procurer quelques nouvelles de la jeune personne qui, la nuit derrière, a quitté Rosenvald en ma compagnie, et qui était avec moi dans la voiture au moment qu'elle s'est brisée en pièces ». Il me promit qu'on ferait toutes les recherches possibles : mais bientôt j'entendis dans l'appartement voisin le chirurgien, l'hôtesse et les paysans, qui étaient tous revenus sans avoir rien découvert, convenir unanimement que je n'étais pas en mon bon sens, et j'ai appris depuis qu'á compter de ce moment on ne s'était plus donné la peine de faire de nouvelles perquisitions.

Mes équipages étaient restés à Munich, sous la garde de Lucas ; mais comme je m'étais préparé pour un long voyage, ma bourse était garnie. Ma mise d'ailleurs annonçait un homme de distinction, et d'après cela l'on eut pour moi á l'auberge toutes les attentions possibles. Voyant cette journée passée sans qu'il me vînt aucunes nouvelles d'Agnès, ma crainte se changea en un désespoir profond et concentré. Les personnes qui me gardaient, me voyant silencieux et tranquille en apparence, conjecturèrent que mon délire avait baissé, et que ma maladie prenait un tour favorable. Conformément á l'ordonnance du médecin, elles me firent avaler un cordial, et peu de temps après que la nuit fut venue, elles se retirèrent et me laissèrent reposer.

Ce fut en vain que j'invoquai le repos. L'agitation de mon cœur ne permettait point au sommeil de s'appesantir sur mes yeux. Quoique extrêmement fatigué, je ne fis toute la nuit que me retourner sur un côté, puis sur l'autre, sans pouvoir m'endormir. J'entendis l'horloge d'une église voisine sonner une heure. Comme j'écoutais le son lugubre de cette cloche mourir en tremblottant, et se perdre insensiblement dans les vents, un froid mortel me saisit. Je frissonnai involontairement, et sans savoir la cause de mon effroi : une sueur froide coula de mon front; mes cheveux se hérissèrent. Par un mouvement involontaire, je me levai sur mon séant, et j'ouvris mon rideau. Une seule lampe antique, posée sur la cheminée, répandait une faible lueur sur toute la chambre et sur la tapisserie de couleur sombre dont elle était tendue. Tout-à-coup ma porte s'ouvre avec violence. Quelqu'un entre, s'approche de mon lit d'un pas grave et mesuré. Je jette en tremblant les yeux sur ce visiteur nocturne. Dieu tout-puissant! c'était la Nonne sanglante ; c'était ma compagne de la dernière nuit. Son visage était toujours voilé, mais elle ne portait plus ni sa lampe ni son poignard. Elle leva lentement son voile. Que vis-je? Un corps inanimé. Sa figure était longue, son air hagard; ses joues et ses lèvres étaient totalement décolorées. La pâleur de la mort était répandue sur ses traits, et les deux prunelles de ses yeux fixées obstinément sur moi, étaient creuses et sans couleur.

Frappé d'une inexprimable horreur, je sentis, à la vue du spectre, mon sang se glacer dans mes veines. Je voulais appeler du secours; les sons expiraient sur mes lèvres. Toutes les fibres de mon corps étaient en contraction. Je demeurai sur mon lit dans la même attitude, inanimé comme une statue.

Ma terrible Nonne me regarda pendant quelques minutes en silence; quelque chose de pétrifiant était dans son regard. A la fin elle prononça, d'une voix sépulcrale, les mots suivans :

« Raymond, Raymond, tu es à moi!
« Je suis à toi pour la vie.
« Tant qu'une goutte de sang restera dans tes
veines,
« Ton cœur, ton ame, tout ton être est à moi ».

La Nonne répétait mes propres expressions. Elle s'assit presque en face de moi sur le pied de mon lit, et garda le silence. Ses yeux restaient constamment fixés sur les miens. Ils avaient sans doute la même vertu que ceux du serpent á sonnettes, car je m'efforçais en vain d'en détourner mes regards, et ne pouvais regarder qu'elle.

Elle resta dans cette attitude une heure entière, sans parler et sans se mouvoir; je fus de même pendant tout ce temps sans parole et sans mouvement. L'horloge sonna deux heures; le spectre alors se leva, s'approcha de moi, saisit ma main de ses doigts glacés; et de ses lèvres, plus glacées encore, pressa les miennes en répétant:

« Raymond, Raymond, tu es à moi!
« Je suis à toi pour la vie, etc. ».

Quittant alors ma main, elle sortit de l'appartement, et la porte se referma sur elle.

Toutes mes facultés physiques avaient été jusqu'á ce moment suspendues: mon ame seule était vivante. Après son départ le charme cessa d'opérer, mon sang recommença á circuler; mais il se porta á mon cœur avec une violence extraordinaire. Je poussai un profond gémissement, et tombai sans connaissance la tête sur mon oreiller.

La chambre voisine n'était séparée de la

ienne que par une légère cloison. Elle tait occupée par l'aubergiste et sa femme. e premier, éveillé par mon gémissement, ntra aussitôt dans ma chambre : sa femme e suivit de près. Ce ne fut pas sans peine u'ils purent me faire revenir de mon vanouissement. Ils envoyèrent chercher e médecin, qui déclara que ma fièvre vait beaucoup augmenté, et que, si je continuais á me livrer à d'aussi violentes agiations, il ne répondait pas de ma vie. Il me t prendre quelques médicamens qui contribuèrent un peu á me tranquilliser. J'eus u point du jour quelques instans de sommeil; mais des songes affreux m'assiégeaient, t ce sommeil ne me procura point de raraîchissement. Agnès et la Nonne sanlante se présentaient tour-á-tour á mon 'magination, et concouraient l'une et l'autre me tourmenter. L'agitation de mon esrit empêchait que je ne pusse renouer es fils rompus de mes espérances. J'avais réquemment des faiblesses, et le médecin me quittait tout au plus l'espace de deux heures dans toute la journée.

Bien assuré que mon aventure ne serait point crue, je me déterminai á n'en faire confidence á aucune des personnes qui m'approchaient. Cependant j'étais fort inquiet pour Agnès. Qu'avait-elle dû penser de moi, en ne me trouvant pas au rendez-vous? Etait-il possible qu'elle ne suspectât pas ma fidélité? Je comptais sur la discrétion de Théodore, et j'espérais que ma lettre á la Baronne la convaincrait de la pureté de mes intentions. Ces considérations calmaient un peu mes inquiétudes relativement á Agnès; mais l'impression qu'avait laissée dans mon esprit mon nocturne visiteur, devenait á chaque instant plus vive et plus douloureuse. La nuit approchait, et je craignais une nouvelle visite. Quelquefois aussi j'espérais que le spectre ne reparaîtrait plus. A tout événement, je demandai qu'un des garçons de l'auberge passât la nuit dans ma chambre.

La fatigue dont j'étais accablé, joint aux fortes doses d'opium que me fit prendre mon médecin, me procurèrent enfi le repos dont j'avais tant besoin. Je tomba dans un assoupissement profond, et j'avais déjà dormi pendant quelques heures, quand l'horloge me réveilla en sonnant une heure. Ce son rappela á ma mémoire toutes les horreurs de la nuit précédente; le même frisson me saisit; je me levai de même sur mon lit, et apercevant près de moi le garçon profondément endormi dans un grand fauteuil; je l'appelai par son nom; il ne répondit point; je le tirai violemment par le bras; insensible á mes efforts, il continua de dormir, et je ne pus l'éveiller. Alors j'entendis quelqu'un monter l'escalier á pas pesans: la porte s'ouvrit comme la veille, et la Nonne reparut devant moi. La même scène fut répétée avec les mêmes circonstances, non-seulement cette nuit, mais, hélas! toutes les nuits subséquentes sans interruption. Loin de m'accoutumer à ces visites, la présence du spectre m'inspirait chaque jour une nouvelle horreur; son idée me poursuivait continuellement; je tombai dans une noire mélancolie. L'agitation constante de mon esprit retarda le rétablissement de ma santé. Plusieurs mois s'écoulèrent avant que je fusse en état de sortir de mon lit, et lorsqu'enfin je pus me placer sur un canapé, je me trouvai si faible et si amaigri, qu'il m'eût été impossible de traverser la chambre, si quelqu'un ne m'eût pas soutenu. Les regards de ceux qui me servaient annonçaient assez clairement combien ils conservaient peu d'espoir de ma guérison. La profonde tristesse dans laquelle j'étais plongé fit croire á mon médecin que j'étais hypocondriaque. Ne connaissant aucun remède á mon malheur; j'en gardais soigneusement le secret. Le spectre n'était alors visible que pour moi. Souvent j'avais fait coucher plusieurs personnes dans ma chambre; toutes demeuraient plongées dans un insurmontable sommeil dès que l'horloge sonnait une heure, et il n'était pas possible de les réveiller qu'après que le spectre était disparu. Dans cet intervalle, j'obtins, par le moyen de Théodore, qui, après beaucoup de peines et de recherches, était parvenu á me trouver, quelques informations qui me rassurèrent sur le sort de votre sœur, mais d'après lesquelles je fus convaincu que toute tentative pour la soustraire á la captivité serait vaine, jusqu'á ce que je fusse en état de retourner en Espagne. Je vais vous raconter les particularités de son aventure, telles que je les tiens, partie d'elle-même, et partie de Théodore.

La nuit fatale où son évasion devait avoir lieu, un léger accident ne lui avait pas permis de quitter sa chambre précisément au moment convenu; cependant elle n'avait pas tardé á se rendre à l'appartement de la tour de l'est; elle avait descendu l'escalier, traversé la grande salle, trouvé les portes ouvertes, comme elle s'y était attendue, et gagné, sans être observée, la porte principale du château. Quelle fut sa surprise, lorsqu'elle ne m'y trouva point pour la recevoir! Elle examina la caverne, parcourut toutes les allées du bois voisin, et passa deux heures entières á me chercher; elle ne put trouver aucune trace ni de moi ni de la voiture. Inquiète, alarmée, son unique ressource fut de retourner au château avant que la Baronne pût s'apercevoir de son absence. Mais ici elle éprouva un nouvel embarras. L'heure destinée à l'excursion de la Nonne était passée, et le soigneux portier avait depuis long-temps refermé les portes. Après beaucoup d'irrésolution, elle se hasarda de frapper doucement. Heureusement pour elle, Conrad était encore éveillé; il entendit le bruit, se leva en murmurant, et ouvrit un des battans. Mais il n'eut pas plutôt aperçu le spectre supposé, qu'il poussa un grand cri, et tomba á genoux. Agnès, profitant de sa terreur, sauta légèrement par derrière lui, courut á son appartement, se dépouilla de son habit religieux, et se mit au lit, cherchant en vain á s'expliquer comment et pourquoi elle ne m'avait point trouvé au rendez-vous.

Théodore, après avoir vu partir ma voiture avec la fausse Agnès, était retourné joyeusement á Rosenvald. Deux jours après il remit Cunégonde en liberté, et l'accompagna jusqu'au château. En y arrivant il trouva le Baron, la Baronne et Don Gaston, qui disputaient entre eux sur la relation que le portier leur avait faite. Tous les trois étaient d'accord sur l'existence des spectres; « mais qu'un revenant ait eu besoin, disait Don Gaston, de frapper à une porte pour entrer, c'est un procédé jusqu'á présent sans exemple, et totalement incompatible avec la nature immatérielle des esprits ». Ils étaient encore occupés à discuter sur ce sujet, lorsque le page arriva avec Cunégonde, et contribua beaucoup á éclaircir ce mystère. Après qu'on eut entendu sa déposition, il fut unanimement convenu que l'Agnès que Théodore avait vu monter dans ma voiture était indubitablement la Nonne sanglante, et que le spectre, qui avait tant effrayé Conrad, n'était autre chose que la fille de Don Gaston.

Après le premier instant de surprise que causa cette découverte, la Baronne résolut de profiter de cet événement même pour engager sa nièce á prendre le voile. Craignant que la proposition d'un établissement aussi avantageux pour elle ne fit renoncer Don Gaston á sa résolution, elle ne communiqua ma lettre à personne, et continua á me représenter comme un aventurier peu riche et inconnu. Une vanité romanesque ou puérile m'avait engagé à cacher mon nom, même á Agnès. Je voulais être aimé pour moi-même, et non comme le fils et l'héritier du marquis de Las Cisternas. Ma naissance et mon rang n'étaient donc connus dans le château que de la Baronne, qui eut grand soin de garder ce secret pour elle seule. Don Gaston approuva son dessein ; Agnès fut appelée á comparaître devant eux ; on l'accusa formellement d'avoir médité une évasion. Obligée d'en faire l'aveu, elle fut étonnée de la douceur avec laquelle cet aveu était reçu ; mais quelle fut son affliction, lorsqu'on lui eut donné à entendre que si le projet avait échoué, c'était á mon indifférence seule ou á ma mauvaise foi qu'il fallait l'attribuer. Cunégonde, d'après les instructions de la Baronne, déclara qu'en la remettant en liberté, je l'avais chargée d'annoncer á sa jeune maîtresse que toute liaison entre elle et moi était désormais rompue ; que tout ce qui avait eu lieu n'était que l'effet d'un mal-entendu, et que ma situation ne me permettait pas d'épouser une personne sans fortune et sans espérances.

Ma disparition soudaine rendait cette fable très-vraisemblable. Donna Rodolphe avait ordonné que Théodore, qui aurait pu la contredire, fut tenu éloigné d'Agnès, et soigneusement gardé à vue. Une lettre de vous-même arrivée en ce moment, et par laquelle vous déclariez n'avoir aucune connaissance d'Alphonso d'Alvarada, vint confirmer leurs assertions. Ces preuves réitérées de ma prétendue perfidie, soutenues par les insinuations artificieuses de sa tante ; par les flatteries de Cunégonde, par les menaces et le courroux de son père, surmontèrent totalement la répugnance de votre sœur pour le couvent. Irritée contre moi, dégoûtée du monde, après un autre mois passé au château de Lindenberg, elle partit avec son père pour l'Espagne, et consentit á recevoir le voile. Théodore, remis alors en liberté, se rendit promptement á Munich, où j'avais promis de lui laisser de mes nouvelles; mais ayant appris de Lucas que je n'y étais point arrivé, il continua ses recherches avec un zèle infatigable, et me rejoignit enfin á Ratisbonne.

J'étais tellement changé, qu'il put à peine se rappeler mes traits. Les siens portaient aussi visiblement l'empreinte du chagrin, et du tendre intérêt qu'il prenait à mon sort. La société de cet aimable enfant, que j'avais toujours regardé plutôt comme un compagnon que comme un serviteur, fut alors ma seule consolation. Il était á la fois gai et sensé; sa conversation était agréable et ses observations piquantes; il savait passablement la musique et chantait fort bien. Il avait du goût pour la poésie, il faisait même quelquefois de petites ballades espagnoles qu'il me chantait en s'accompagnant de sa guitare. Ses vers étaient assez médiocres á la vérité, mais il me plaisaient par leur nouveauté, et par l'accent dont il savait les embellir en les chantant. Théodore s'apercevait bien que mon ame était en proie à quelque chagrin ; il cherchait á l'adoucir sans s'informer quelle en était la cause.

Une après-midi, comme j'étais couché sur mon lit de repos, et plongé dans de tristes réflexions, Théodore s'amusait á observer de la fenêtre deux postillons qui se battaient dans la cour de l'auberge. Apercevant en ce moment auprès d'eux un homme qui les regardait aussi : « Oh, oh! s'écria-t-il, voilá le GRAND MOGOL » !

« Que dites-vous, Théodore » ?

« Oui, oui, c'est lui-même. Oh ! Monsieur, c'est un homme qui m'a tenu à Munich un propos fort étrange. Je me le rappelle à présent ; c'était une sorte de message pour vous, mais qui me parut mériter fort peu d'attention. Je crois, quant á moi, que le papa est un peu fou. Comme je vous cherchais á Munich, je le rencontrai à l'auberge *du Roi des Romains*, et l'aubergiste me fit sur son compte un récit extraordinaire. On devine aisément á son accent qu'il est étranger ; mais de quel pays, c'est ce que personne ne peut dire. Il ne paraissait pas avoir une seule connaissance dans la ville ; il parlait rarement, et jamais on ne le voyait sourire. Il n'avait ni serviteurs ni équipages, mais sa bourse paraissait bien garnie, et il faisait beaucoup de bien par toute la ville. Quelques-uns prétendent que c'était un astrologue arabe ; d'autres, un marchand voyageur ; d'autres, le docteur Faustus, que le diable avait renvoyé en Allemagne : mais mon hôte, se prétendant mieux instruit que tous les autres, me dit avoir les plus fortes raisons de croire que c'était le GRAND MOGOL qui voyageait incognito ».

« Et ce propos étrange qu'il vous a tenu, Théodore..... » ?

« Ah ! je n'y songeais plus ; mais l'eussé-je oublié tout-á-fait, il n'y aurait pas grand'perte. Tandis que je prenais, relativement à vous, des informations, cet étranger vint á passer. Il s'arrêta, en me regardant attentivement : « Jeune homme, me dit-il, celui que vous cherchez a trouvé autre chose que ce qu'il cherchait. Ma main seule peut étancher le sang. Dites á votre maître qu'il doit désirer de me connaître toutes les fois que l'horloge sonne UNE HEURE.

Ces dernières paroles m'annonçaient que l'étranger était instruit de mon secret. « Comment ? m'écriai-je fort étonné, et me levant brusquement ; courez á lui, mon enfant ; descendez vîte, et dites-lui que je lui demande quelques momens d'entretien ».

Théodore, surpris de ma vivacité, s'empressa de m'obéir. J'attendais son retour avec impatience. Après un court espace de temps, il revint, et introduisit l'étranger dans ma chambre.

Cet homme offrait en effet dans toute sa personne quelque chose d'extraordinaire. Sa démarche était grave; ses traits étaient fortement prononcés ; ses yeux grands, noirs et brillans. On remarquait je ne sais quoi dans son regard qui, du moment que je le vis, m'inspira du respect, pour ne pas dire de l'effroi. Sa mise était simple, ses cheveux épars et sans poudre. Une bande de velours noir, qui lui couvrait tout le front, ajoutait encore á la sombre expression de sa physionomie. On lisait sur son visage les traces d'une profonde mélancolie.

Il me salua poliment, et après les honnêtetés d'usage, pria Théodore de nous laisser seuls : le page sortit á l'instant.

« Je sais toute votre affaire, me dit-il, sans me donner le temps de parler. J'ai le pouvoir de vous affranchir de vos visites nocturnes; mais je ne puis rien faire avant dimanche. Ce jour-lá, dès qu'il commence, les esprits de ténèbres ont moins d'influence sur les mortels. Samedi prochain, la Nonne ne vous visitera plus ».

« Puis-je vous demander, lui dis-je, par

quels moyens vous avez pu connaître un secret que je n'ai confié à qui que ce soit»?

« Comment puis-je ignorer votre peine, lorsque je vois celle qui la cause en ce moment même à côté de vous »?

Je tressaillis. L'étranger continua :

« Quoiqu'elle ne soit visible pour vous qu'une heure sur vingt-quatre, sachez qu'elle ne vous quitte ni jour, ni nuit, et qu'elle ne vous quittera qu'après que vous lui aurez accordé sa demande ».

« Et quelle est cette demande » ?

« Je l'ignore ; elle-même vous l'expliquera ; mais attendez avec patience la nuit du samedi ; alors tout s'éclaircira ».

Je n'osai pas le presser davantage ; il changea aussitôt de conversation, et nous parlâmes de choses et d'autres. Il me nommait des personnes qui depuis plusieurs siècles avaient cessé d'exister, et qu'il paraissait avoir connues. Je ne pouvais lui parler d'un pays si éloigné qu'il ne l'eût visité ; je ne me lassais point d'admirer l'étendue et la variété de son savoir. « Vos voyages, lui dis-je, qui vous ont procuré tant et de si utiles connaissances, doivent avoir été pour vous une source intarissable de plaisirs ».

« Des plaisirs, reprit-il en secouant tristement la tête, je n'en connais point. Nul ne peut imaginer la rigueur de mon sort. Je n'ai point d'amis dans ce monde, et n'en puis jamais avoir. Oh! s'il m'était permis d'abjurer ma misérable vie! Sans repos et sans asyle, combien je porte envie á ceux qui peuvent jouir de la paix du tombeau! mais la mort m'évite; elle est sourde á mes prières. C'est en vain que je me précipite au milieu des dangers. Si je me plonge dans l'Océan, les vagues me rejettent avec horreur sur le rivage: si je saute au milieu des flammes, elles s'éteignent autour de moi; si je m'expose á la fureur des brigands, leurs poignards s'émoussent ou se rompent contre mon sein. Les tigres affamés frissonnent à mon approche, et le crocodille recule á l'aspect d'un monstre plus horrible que lui. Dieu a appliqué sur moi le sceau de sa réprobation, et toutes ses créatures respectent ce fatal stigmate».

Il porta alors sa main au velours qui couvrait son front, et j'aperçus dans ses yeux l'expression si marquée de la fureur, du désespoir, de la malveillance, que j'en fus frappé d'horreur. L'étranger s'en aperçut:

« Tel est, dit-il, l'effet de la malédiction qui pèse sur moi. Malgré la bienfaisance naturelle de mon cœur, mon sort est de ne pouvoir jamais être aimé. La terreur, la détestation, c'est tout ce qu'il m'est permis d'inspirer. Vous avez déjá senti l'influence du charme ; chaque moment ne ferait que l'accroître. Je ne veux pas ajouter á vos souffrances par ma présence. Adieu , jusqu'à samedi ; á l'heure juste de minuit je serai á la porte de votre chambre».

Il sortit, et me laissa fort étonné de la singularité de ses manières et de sa conversation ; mais la promesse positive qu'il m'avait faite, de me débarrasser de mon affreuse apparition, avait déjá opéré sensiblement sur ma santé. Théodore s'en aperçut en rentrant, et se félicita beaucoup de m'avoir procuré la connaissance du Grand Mogol. Il y avait encore trois grands jours á passer avant d'être au samedi. J'attendis cette nuit avec impatience. Dans cet intervalle, la Nonne sanglante continua ses visites nocturnes ; mais l'espérance m'ayant rendu quelque courage, sa vue produisit sur moi des effets moins violens.

La nuit du samedi étant arrivée, pour prévenir tout soupçon, je me mis au lit à mon heure ordinaire ; mais, dès que je fus seul, je me rhabillai et me préparai à recevoir l'étranger. Il entra vers minuit, tenant dans ses mains une boite qu'il plaça sur un coin de la cheminée. Il me salua sans parler ; je lui rendis le salut en silence. Il ouvrit sa boîte. La première chose qu'il en tira fut un petit crucifix de bois ; il s'agenouilla, le regarda tristement, et éleva les yeux au ciel. Après quelques instans de prières ferventes, il se courba jusqu'á terre, baisa trois fois le crucifix et se releva. Tirant alors de sa boîte un gobelet couvert, qui contenait une liqueur rouge, il en arrosa légèrement le plancher; et après avoir trempé dans le vase l'extrémité du crucifix, il en traça un cercle un milieu de la chambre; il tira enfin une large Bible, et me fit signe de le suivre dans le cercle, ce que je fis aussitôt.

« Gardez-vous, me dit-il á basse voix, de proférer une seule parole; ayez soin de ne pas sortir du cercle; et, si vous vous aimez vous-même, ne me regardez point au visage ».

Tenant le crucifix d'un main, et la Bible de l'autre, il paraissait lire fort attivement. L'horloge sonna une heure. J'entendis, comme de coutume, les pas du spectre le long de l'escalier; mais je ne me sentis point saisi du frisson ordinaire. J'attendis son approche avec confiance. La Nonne entra dans la chambre, évita le cercle et s'arrêta. L'étranger marmota quelques mots que je ne compris point. Alors levant la tête, et présentant le crucifix au spectre, il dit á haute et intelligible voix :

« Béatrice ! Béatrice ! Béatrice ! »

« Que me veux-tu? » répondit le spectre d'une voix profonde et tremblante.

« Qui trouble ainsi ton sommeil ? Pourquoi viens-tu tourmenter ce jeune homme ? Comment peut-on rendre le repos á ton esprit inquiet? »

« Je n'ose, répondit-elle, je ne dois pas le dire. Oui je voudrais reposer dans mon tombeau; mais des ordres éternels prolongent ma punition ».

« Connais-tu, Béatrice, cette liqueur ? sais-tu de quelles veines elles provient ? Béatrice, en son nom, je t'ordonne de me répondre ».

« As-tu droit de me commander ? »

Il ota alors de son front la bande de velours. En dépit de ses injonctions, je ne pus résister á ma vive curiosité, et, jetant un seul coup-d'œil sur son visage, je pus apercevoir une petite croix de couleur de feu imprimée entre ses deux sourcils. Cette vue, quoique rapide comme l'éclair, me frappa d'une horreur si subite et si violente, que, si l'exorciseur ne m'eût pas retenu par le bras, je serais infailliblement tombé hors du cercle.

Quand j'eus repris mes sens, je m'aperçus que la croix de feu avait produit un effet non moins violent sur la Nonne sanglante. Tout en elle exprimait l'horreur et l'effroi ; tous ses membres étaient frappés d'un insurmontable tremblement.

« Oui, dit-elle à la fin, je tremble devant ce signe, et je vous obéirai. Sachez donc que mes os sont toujours sans sépulture ; ils pourrissent obscurément dans la caverne de Linden. Ce jeune homme a seul le droit de les déposer dans un tombeau. Il m'a, de sa propre bouche, fait et déclaré maîtresse de *tout son être*. Je ne le tiendrai point quitte de son engagement ; il ne passera pas une seule nuit exempte de terreur, jusqu'á ce qu'il se soit solennellement engagé á recueillir mes ossemens et à les déposer dans le caveau de famille de son château d'Andalousie. Il fera dire ensuite trente messes pour le repos de mon ame ; alors je ne troublerai plus ni lui, ni personne en ce monde. A présent, laisse-moi partir ; ces flammes sont dévorantes ».

Après que l'exorciseur eut abaissé lentement le crucifix qu'il tenait d'une main, et qu'il lui avait toujours présenté, la Nonne courba la tête, et s'évanouit aussitôt dans l'air comme un ombre. Il me reconduisit hors du cercle, replaça son attirail dans la boîte, et s'adressant ensuite á moi :

« Don Raymond, me dit-il, vous avez entendu á quelles conditions le repos vous est accordé, il s'agit maintenant de promeitre ce qu'elle exige de vous ». Je fis cette promesse dans les termes et avec les formalités qu'exigea de moi l'étranger.

A présent, continua-t-il, il ne me reste plus qu'á vous dévoiler ce que l'histoire du spectre vous présente d'obscur. Sachez donc que Béatrice, lorsqu'elle vivait, portait le nom de Las Cisternas. Elle était la grand'tante de votre trisaïeul. Etant votre parente, ses cendres demandent de vous du respect, quoique l'énormité de ses crimes dût exciter votre horreur. Personne n'est plus en état que moi de vous expliquer de quelle nature étaient ces crimes. J'ai connu personnellement le saint homme qui proscrivit ses excès nocturnes dans le château de Lindenberg, et je tiens de sa bouche le récit suivant:

« Béatrice de Las Cisternas prit le voile étant encore jeune, non d'après son choix, mais d'après l'ordre exprès de ses parens. Elle était alors trop peu formée pour regretter les plaisirs dont la privait son entrée en religion. Mais lorsque son tempérament ardent et voluptueux eut commencé á se développer, elle s'abandonna totalement à son impulsion, et se détermina á saisir la première occasion qui se présenterait de le satisfaire. Cette occasion se présenta ; après avoir applani tous les obstacles, elle sortit clandestinement de son couvent, et s'enfuit en Allemagne avec un Baron de Lindenberg. Pendant plusieurs mois elle vécut publiquement avec lui, en qualité de sa maîtresse. Toute la Bavière fut scandalisée de sa conduite impudente et licencieuse. Ses fêtes et ses festins égalaient en luxe ceux de Cléopâtre, et Lindenberg devint le théâtre de la débauche la plus effrénée. Peu satisfaite des excès de son incontinence, elle professait hautement l'athéisme, se faisait un amusement de tourner en ridicule ses vœux religieux, et même les cérémonies les plus sacrées du culte.

« Avec un caractère aussi dépravé, Béatrice ne pouvait borner ses affections á un seul objet. Bientôt après son arrivée au château, le plus jeune frère du Baron excita son attention par sa taille gigantesque et ses formes athlétiques. Elle n'était pas d'humeur à tenir sa passion long-temps concentrée dans son cœur; mais elle trouva dans Otto de Lindenberg son égal au moins en dépravation. Il ne répondit à la passion de Béatrice, qu'autant qu'il était nécessaire d'y répondre pour l'accroître; et quand il la vit au point désiré, il fixa pour condition expresse du don de son cœur l'assassinat de son propre frère. La malheureuse consentit á cet horrible arrangement. Une nuit fut fixée pour l'accomplissement de cet affreux projet. Otto; qui résidait sur une petite terre á quelques milles du château, promit qu'á une heure du matin il se trouverait, pour l'attendre, á la caverne de Linden ; qu'il y aménerait avec lui un certain nombre de ses amis les plus affidés, á l'aide desquels il lui serait aisé de s'emparer du château, et qu'alors son premier soin serait d'épouser Béatrice. Ce fut cette dernière promesse qui surmonta tous ses scrupules, le Baron ayant déclaré hautement que, malgré son affection pour elle, il n'en ferait jamais sa femme.

« Dans la nuit du jour fixé, et à l'heure convenue, comme le Baron dormait dans les bras de sa perfide maîtresse, elle tira un poignard de dessous son chevet, et le plongea dans le cœur de son amant. Le Baron ne poussa qu'un gémissement, et expira á l'instant. La meurtrière sortit du lit á la hâte, prit une lampe dans une main et dans l'autre le poignard sanglant, et se rendit á la caverne. Le portier n'osa refuser d'ouvrir la porte á une personne que l'on craignait dans le château plus que le Baron lui-même. Béatrice atteignit sans obstacle la caverne de Linden; elle y trouva Otto, qui l'attendait selon sa promesse ; il la reçut, écouta son récit avec transport: mais avant qu'elle eût le temps de lui demander pourquoi il venait seul, Otto lui fit voir qu'il n'avait pas besoin de témoins pour cette entrevue. Voulant prévenir tout soupçon de complicité, et jaloux surtout de se débarrasser d'une femme dont le caractère violent et atroce le faisait trembler pour lui-même, il avait pris la résolution de briser sans délai ce dangereux instrument. Se jetant sur elle á l'improviste, il lui arracha le poignard, et tout rouge encore du sang de son frère, le plongea dans le sein de Béatrice, et la tua á coups redoublés.

« Otto succéda alors á la baronnie de Lindenberg. Le meurtre ne fut attribué qu'à la religieuse fugitive, et personne ne le soupçonna d'avoir eu part á cette action ; mais si elle resta impunie de la part des hommes, la justice divine ne permit pas qu'il jouît en paix des fruits sanglans de son crime. Les ossemens de Béatrice, gissans sans sépulture dans la caverne, se levèrent, et son esprit continua d'habiter le château. Vêtue de ses habits religieux, en mémoire de ses vœux enfreints, armée du poignard qu'elle avait enfoncé dans le cœur de son amant, et tenant toujours la lampe qui avait éclairé sa sortie du château, chaque nuit elle restait debout devant le lit d'Otto. La plus épouvantable confusion régna par toute la maison. Les salles voûtées retentissaient de cris et de gémissemens ; en traversant les longues et antiques galeries, l'esprit de Béatrice proférait un mélange incohérent de prières et de blasphêmes. Otto ne put soutenir long-temps l'effroi d'une aussi terrible vision. Chaque apparition nouvelle en augmentait l'horreur : enfin sa situation devint telle, qu'une nuit son cœur se glaça. Le matin suivant on le trouva dans son lit, totalement privé de chaleur et de vie. Sa mort ne mit point fin aux excès nocturnes de Béatrice qui continua de revenir dans le château.

« Les terres de Lindenberg échurent alors á un collatéral, qui, épouvanté des récits qu'on lui fit de la Nonne sanglante, implora le secours d'un célèbre exorcisseur. Ce saint homme sut la réduire á ne sortir de son appartement qu'á certaines époques. Condamnée à souffrir pendant cent années, elle allait ainsi tous les cinq ans, á l'heure même où elle avait commis le crime, visiter la caverne qui contenait ses ossemens.

« La période de son temps de souffrance est á présent révolue ; il ne vous reste plus qu'à remplir votre tâche. Je vous ai délivré du tourment de ses visites, et, au milieu de tous les chagrins qui m'oppressent, j'éprouve quelque consolation en songeant que j'ai pu vous être utile. Adieu, jeune homme; je fais des vœux pour votre bonheur ».

Ici l'étranger se disposa á sortir de ma chambre.

« Arrêtez, je vous prie, lui dis-je, encore un moment! Vous avez satisfait ma curiosité en tout ce qui regarde le spectre; mais daignez m'apprendre á qui je suis redevable d'un aussi important service. La singularité de votre destinée, votre âge, vos longs voyages, votre immortalité, et cette croix enflammée sur votre front?...»

Sur tous ces points il refusa, mais sans sévérité, de me satisfaire; vaincu par mes instances, il consentit á me donner le jour suivant les éclaircissemens que je désirais. Je me contentai de cette promesse, et il me quitta. Mon premier soin, le matin suivant, fut de faire demander le mystérieux étranger. Imaginez mon regret, lorsqu'on m'apprit qu'il avait déjá quitté Ratisbonne. Je fis faire des recherches; on ne découvrit aucunes traces du fugitif. Depuis ce moment, je n'ai plus entendu parler de lui.

« Quoi! dit Lorenzo en interrompant son ami, vous n'avez pu découvrir quel était cet homme ni même le deviner » ?

« Quand je racontai, répondit le Marquis, cette aventure á mon oncle le Cardinal-Duc, il ne douta point, d'après toutes ces particularités, que cet homme ne fût le personnage si universellement connu sous le nom de *Juif-errant*; et je n'ai pu, quant à moi, former d'autres conjectures. Je reviens á ce qui me concerne».

Après cette heureuse rencontre, je recouvrai promptement mes forces et ma santé. Ne voyant plus la Nonne, je fus bientôt en état de retourner à Lindenberg. Le Baron me reçut à bras ouverts. Je lui confiai toute mon aventure. Ce fut pour lui une grande satisfaction d'apprendre que sa maison serait débarrassée des visites du fantôme. Je m'aperçus, avec chagrin, que l'absence n'avait point affaibli l'imprudente passion de Donna Rodolphe. Dans une conversation particulière que nous eûmes ensemble, elle chercha de nouveau á gagner mon affection. Depuis que je la regardais comme la première cause de toutes mes souffrances, sa présence et même son souvenir ne m'inspiraient que le dégoût. Le squelette de Béatrice fut trouvé dans la caverne; c'était tout ce que je cherchais alors à Lindenberg. Dès que je l'eus á ma disposition, je me hâtai de sortir des domaines du Baron, et pris la route d'Espagne, suivi encore une fois des menaces de l'implacable Rodolphe, mais plein du secret espoir de retrouver ma chère Agnès.

Lucas était venu me rejoindre avec mes

équipages á Lindenberg. J'arrivai sans accident dans mon pays natal, et descendis au château de mon père, situé en Andalousie. Après avoir fait déposer, avec les cérémonies convenables, les cendres de Béatrice dans le caveau de la famille ; après avoir fait dire pour le repos de son ame le nombre de messes que j'avais promises, je me rendis á Madrid, et n'eus plus d'autre soin que de découvrir la retraite d'Agnès.

La Baronne m'avait assuré que sa nièce avait déjà pris le voile ; mais j'avais de justes soupçons sur la réalité de ce fait, et j'espérais encore retrouver Agnès libre et maîtresse d'accepter ma main. Le résultat des informations que je pris relativement á sa famille, fut qu'avant l'arrivée d'Agnès à Madrid, Donna Iné-illa n'était plus. J'appris que vous, mon cher Lorenzo, voyagiez à l'étranger ; mais à quel endroit vous adresser une lettre, c'est ce que je ne pus découvrir. Votre père était allé au fond d'une de nos provinces rendre visite au Duc de Médina ; et quant á Agnès, personne ne put ou ne voulut me dire ce qu'elle était devenue.

Théodore, conformément á sa promesse, était revenu á Strasbourg, où il avait trouvé son grand-père mort, et Marguerite en possession de sa fortune. Elle chercha vainement á le retenir auprès d'elle ;

il la quitta une seconde fois et me suivit à Madrid. Théodore fit des recherches de son côté pour découvrir la retraite d'Agnès, mais ce fut également sans succès. Je commençais á renoncer á toutes mes espérances, lorsqu'un événement imprévu vint les ranimer, tout en me jetant dans un nouveau dédale de peines et de dangers.

Il y avait environ huit mois que j'étais de retour à Madrid. Sortant un soir de la comédie, je revenais seul á pied á mon hôtel, la nuit était noire. Plongé dans de tristes réflexions, je ne m'aperçus point que trois hommes m'avaient suivi depuis le théâtre. Au détour d'une rue peu fréquentée, ils m'attaquèrent tous á la fois avec une excessive furie. Je fis quelques pas en arrière et mis l'épée á la main, tenant mon manteau ployé sur mon bras gauche. L'obscurité de la nuit me fut favorable; la plupart de leurs coups portèrent dans mon manteau et ne m'atteignirent point. J'eus le bonheur de renverser à mes pieds un de mes adversaires. Cependant j'avais reçu quelques blessures, et les autres me poursuivaient si vivement que j'aurais inévitablement succombé, si un noble cavalier, averti par le bruit des épées, ne fût accouru á mon secours; plusieurs domestiques le suivaient avec des flambeaux. A leur approche, les deux spadassins prirent la fuite, et se perdirent dans l'obscurité.

L'inconnu s'adressa á moi avec beaucoup de politesse, et me demanda si j'étais blessé. Déjá affaibli par la perte de mon sang, j'eus á peine la force de le remercier. Je le priai d'ordonner que quelques-uns de ses serviteurs me transportassent á l'hôtel de Las Cisternas; mais je n'eus pas plutôt prononcé ce nom, que l'inconnu, se disant ami de mon père, ne voulut pas permettre qu'on me transportât si loin avant que mes blessures eussent été examinées. Il ajouta que sa maison était peu éloignée, et me pria de l'y accompagner. Il me fit cet offre d'une manière si obligeante que je ne pus la refuser; et appuyé sur son bras, il me conduisit dans l'espace de quelques minutes à la porte d'un magnifique hôtel.

En entrant, je remarquai qu'un vieux serviteur á cheveux blancs, qui avait l'air d'attendre mon conducteur, lui demanda si M. le Duc reviendrait bientôt á Madrid. « Non, répondit-il, je sais qu'il se propose de rester encore quelques mois á la campagne ». Mon libérateur fit alors appeler le chirurgien de la maison. Je fus conduit dans un fort bel appartement, et placé sur un lit de repos. Le chirurgien ayant visité mes blessures, déclara qu'elles étaient fort peu dangereuses, cependant il me conseilla de ne point m'exposer á l'air frais de la nuit, et l'inconnu me pressa de si bonne grâce de prendre un lit dans sa maison, que je consentis á ne retourner chez moi que le lendemain.

Etant resté seul avec lui, je lui fis mes remercîmens en termes plus expressifs que je n'avais pu le faire jusqu'alors.

« Ne parlez pas de cela, je vous prie, dit-il; c'est moi qui dois m'estimer heureux d'avoir pu vous rendre ce petit service, et j'ai des obligations à ma fille de m'avoir retenu si tard au couvent de Sainte-Claire. J'ai toujours fait profession de la plus haute estime pour le Marquis de Las Cisternas, et quoique je n'ai pas eu l'occasion de me lier aussi particulièrement avec lui que je l'aurais désiré, je suis fort aise de pouvoir faire connaissance avec son fils. Croyez, Monsieur, que mon frère, dans la maison duquel vous êtes en ce moment, regrettera de ne s'y être point trouvé; mais en l'absence du Duc, c'est á moi d'en faire les honneurs, et j'ose vous assurer en son nom que tout ce que contient l'hôtel de Médina est parfaitement à votre disposition ».

Imaginez, s'il se peut, ma surprise, Lorenzo, lorsque je découvris dans la personne de mon libérateur Don Gaston de

Médina, le père d'Agnès et le vôtre; lorsque j'appris ainsi de sa bouche qu'Agnès habitait le couvent de Sainte-Claire? La joie que me causa cette découverte fut un peu affaiblie, lorsque, répondant á quelques questions que je lui faisais d'un air assez indifférent, il me dit que sa filleavait non-seulement pris le voile, mais encore prononcé ses vœux. Cependant je ne m'affectai que modérément de cette nouvelle, soutenu par l'idée que le crédit de mon oncle á la cour de Rome aurait bientôt applani cet obstacle, et que j'obtiendrais aisément la résiliation de ses vœux. Je ne laissai donc voir aucune inquiétude, et ne parus occupé que du soin de témoigner ma reconnaissance à Don Gaston, et de gagner son amitié.

Un domestique entrant en ce moment dans la chambre, m'annonça que le spadassin que j'avais blessé donnait encore quelques signes de vie, et même qu'il recommençait à parler. Je priai qu'on le fit porter à l'hôtel de mon père, désirant l'interroger moi-même, et savoir de lui quels motifs l'avaient porté á attenter á ma vie. Don Gaston, curieux aussi de les connaître, me pressa d'interroger l'assassin en sa présence; mais il me trouva peu disposé, pour deux raisons, á satisfaire sa curiosité; la première, c'est que, soupçonnant déjá d'où partait le coup, je ne crus pas devoir exposer ainsi sous ses yeux le crime de sa sœur ; la seconde, c'est que je craignais que, me reconnaissant pour Alphonse d'Alvarada, il ne prît des précautions extraordinaires pour m'empêcher de voir Agnès. Lui faire l'aveu de ma passion pour sa fille, entreprendre de lui faire goûter mes projets, ce que je connaissais du caractère de Don Gaston suffisait pour me convaincre que c'eut été une démarche imprudente. Je lui donnai donc à entendre que, soupçonnant une certaine dame d'être mêlée dans cette affaire, et ayant quelques raisons de désirer que son nom restât inconnu, je croyais devoir interroger cet homme en particulier. La délicatesse de Don Gaston ne lui permit pas d'insister sur ce point, et l'assassin fut transporté á mon hôtel.

Le lendemain matin je pris congé de mon hôte, qui devait le même jour retourner auprès du Duc. Mes blessures avaient été si légères, que j'en fus quitte pour porter quelque temps mon bras en écharpe. Le chirurgien qui examina celle du spadassin la déclara mortelle. Il mourut en effet quelques minutes après avoir avoué que Donna Rodolphe avait été l'instigatrice du complot.

Je n'eus plus alors d'autre affaire que celle de retrouver Agnès, de la revoir. J ne vous férai point mystère, Lorenzo, des moyens que j'employai pour y parvenir; je corrompis à prix d'argent le vieux jardinier, qui m'introduisit dans le couvent de Sainte-Claire, déguisé sous un habit de paysan. Je fus même présenté á l'Abbesse, et accepté par elle en qualité de garçon jardinier. Je revis Agnès, je la vis plusieurs fois avant qu'elle pût me reconnaître. Plusieurs fois j'entendis sa vieille et austère Abbesse, se promenant avec elle, la reprimander avec aigreur sur sa continuelle mélancolie; lui reprocher que, dans sa situation, pleurer la perte d'un amant était un crime, et qu'en toute situation, pleurer celle d'un infidelle était une folie. Agnès enfin me reconnut; et c'est ici, Lorenzo, que j'ai besoin d'en appeler, pour ma justification, á notre longue amitié, à la connaissance que vous avez de mon inaltérable honneur; c'est ici que je dois implorer votre indulgence. Je supprime d'inutiles détails: Agnès m'aimait. Lorsque j'eus trouvé l'occasion favorable de lui parler sans témoins, obéissante aux volontés de son père, fidelle à ses vœux, elle refusa de m'écouter; elle m'écouta cependant pressée par mes sollicitations. Je me justifiai pleinement à ses yeux; je lui exposai tous mes motifs d'espérance; je la fis consentir à seconder mes projets. Chaque nuit elle se rendait dans un réduit écarté que m'avait procuré le jardinier. Lá, plus libre qu'au milieu du monde, je lui jurais une éternelle tendresse. Rappelez-vous, Lorenzo, notre amour si violemment contrarié, mes souffrances, la pureté de mes intentions, ma ferme résolution de n'avoir jamais qu'Agnès pour épouse; rappelez-vous sa candeur, la violence faite á ses sentimens. Que vous dirai-je enfin? dans un moment de délire, nous ne reconnûmes le danger auquel nous exposait notre mutuelle tendresse, qu'en nous apercevant que l'amour nous avait égarés l'un et l'autre, que les vœux d'Agnès étaient enfreints, et qu'elle était déjá mon épouse.

Ici Lorenzo donna des marques visibles de mécontentement. Le Marquis l'appaisa en le nommant son ami, son frère, et continua :

Après les premiers instans de délire, cet accident fit frémir Agnès. L'amour faisant tout-á-coup place aux regrets et à la crainte, elle me fit des reproches amers; frappée de terreur, elle s'échappa de mes bras, et s'enfuit à sa cellule. Depuis ce moment, je n'ai pu la revoir qu'une seule fois, et c'était en plein jour, comme elle se promenait appuyée sur les bras d'une de ses compagnes, qui paraissait être son amie, et avec laquelle je l'avais déjà vue plusieurs fois. Elle jeta sur moi un triste regard, et détourna la tête.

Dès le soir de ce jour-lá même, le jardinier me notifia qu'il ne pouvait plus me servir. « La jeune sœur, dit-il, m'a déclaré que si je continuais á vous admettre dans le jardin, elle-même découvrirait tout à Madame l'Abbesse. Elle m'a dit encore que votre présence désormais lui était pénible, et que, si vous conserviez quelque respect pour elle, vous ne deviez plus chercher á la voir. Excusez-moi donc, si je vous déclare qu'il ne m'est plus possible de favoriser votre déguisement. Si l'Abbesse venait á savoir ce que j'ai fait pour vous, non contente de me renvoyer elle m'accuserait d'avoir profané son couvent, et me ferait jeter daus les prisons de l'inquisition ».

Je combattis vainement sa résolution, il me refusa toute entrée dans le jardin, et Agnès persévéra à ne vouloir plus ni me voir ni m'entendre. Environ quinze jours après, une maladie violente, dont mon père fut attaqué, m'obligea de partir pour l'Andalousie; je m'y rendis, et trouvai le Marquis á l'article de la mort. Quoique dès les premiers symptômes sa maladie eût été déclarée mortelle, elle traîna pendant plusieurs mois. Ensuite la nécessité où je me trouvai de mettre ordre á mes affaires après son décès, ne me permit pas de quitter l'Andalousie. Mais de retour á Madrid depuis quatre jours, j'ai trouvé, en arrivant á mon hôtel, la lettre que voici. Ici le Marquis ouvrit le tiroir d'un secrétaire, en tira un papier ployé qu'il présenta á Lorenzo ; celui-ci l'ouvrit, reconnut la main de sa sœur, et lut :

« Dans quel abîme de maux vous m'avez plongée ; Raymond, vous m'avez rendue aussi criminelle que vous. J'avais résolu de ne vous revoir de ma vie, de vous oublier s'il était possible, et même de vous haïr. Un être pour lequel je sens déjá une tendresse maternelle, me sollicite de pardonner à mon séducteur, et de réclamer son amour. Raymond, votre enfant vit déjá dans mon sein. Je redoute la vengeance de l'Abbesse ; je tremble pour moi-même, et plus encore pour l'innocente créature dont l'existence dépend de la mienne. Nous serions perdus l'un et l'autre, si l'on venait á découvrir mon état. Conseillez-moi donc, dites-moi ce que je dois faire, mais ne cherchez point á me voir. Le jardinier qui s'est chargé de vous remettre cette lettre est renvoyé ; celui qui le remplace est d'une fidélité incorruptible. L'unique moyen de me faire passer votre réponse, est de la cacher sous la grande statue de Saint Dominique, dans l'église des Dominicains, où je vais á confesse tous les jeudis. Je pourrai aisément la prendre lá sans être aperçue. Je sais que vous êtes absent de Madrid ; est-il nécessaire que je vous prie de m'écrire aussitôt après votre retour ? je ne le pense pas. Ah ! Raymond, ma situation est cruelle. Forcée á embrasser une profession dont je me sens peu propre á remplir les devoirs, pénétrée de la sainteté de ces devoirs, et séduite, hélas! par l'homme que j'aimais le plus, je me vois réduite á opter entre la mort ou le parjure. Ma faiblesse, l'affection maternelle ne me permettent pas d'hésiter. La mort de mon pauvre père, arrivée depuis notre séparation, écarte un des plus grands obstacles à notre union. Mon père repose dans le tombeau, et je n'ai plus á redouter sa colère; mais la colère de Dieu, ô Raymond? qui pourra m'y soustraire? qui me protégera contre le cri de ma propre conscience? Je n'ose m'appesantir sur ces réflexions, elles me rendraient folle. Ma résolution est prise; obtenez la résiliation de mes vœux, je suis prête á vous suivre. Ecrivez-moi, ô mon époux ! dites-moi que l'absence n'a point affaibli votre amour ; dites-moi que vous allez sauver de la mort votre innocent enfant et sa malheureuse mère. Je suis en proie à toutes les angoisses de la terreur. Il me semble que tous les yeux qui se fixent sur moi; lisent sur mon visage mon secret et ma honte. Vous êtes la cause, Raymond, de toutes mes souffrances. Oh ! que j'étois loin de soupçonner, quand mon cœur commença á vous aimer, ces tristes effets de l'amour !

« Agnès ».

Après avoir lu cette lettre, Lorenzo la rendit en silence. Le Marquis la replaça dans son secrétaire, et continua.

Cette nouvelle si peu attendue, mais si ardemment désirée, me combla de joie. Mon plan fut aussitôt arrêté.

Lorsque j'appris la retraite d'Agnès, ne doutant pas qu'elle ne fût disposée à quitter le couvent, j'avais déjá fait confidence de toute l'affaire au Cardinal-Duc de Lerme, qui aussitôt s'était occupé d'obtenir la bulle nécessaire. J'ai heureusement négligé d'arrêter ses démarches ; une lettre que je viens de recevoir de lui, m'annonce qu'il attend tous les jours l'ordre de la cour de Rome. J'étais assez d'avis d'attendre patiemment cet ordre ; mais le Cardinal me conseille de faire sortir, s'il est possible, Agnès du couvent, à l'insu de la Supérieure, ne doutant point que celle-ci ne voie, avec un extrême déplaisir, sortir de sa maison une jeune personne d'un rang aussi distingué, et qu'elle ne regarde son abjuration comme une insulte faite á la communauté de Sainte-Claire. Il me représente cette Abbesse comme une femme d'un caractère violent et vindicatif. J'ai á craindre qu'en enfermant Agnès dans son couvent, elle ne frustre toutes mes espérances, et ne rende vaines les lettres du Pape. D'après ces considérations, j'ai résolu d'enlever Agnès, et de la tenir cachée dans une des terres du Cardinal-Duc jusqu'á l'arrivée de la bulle; il approuve mon dessein, et m'assure qu'il est prêt á donner asyle á la belle fugitive. J'ai donc fait, pour opération première, arrêter secrètement, et transporter á mon hôtel, le nouveau jardinier de Sainte-Claire. Par ce moyen, je tiens en ma possession la clef de la porte du jardin, il ne me restait plus qu'á préparer Agnès á son évasion, et c'est ce que je faisais par la lettre que vous m'avez vu placer pour elle á l'endroit qu'elle m'avait indiqué. Cette lettre lui annonce que je serai prêt à la recevoir demain á minuit, et que tout est préparé pour sa prompte et infaillible délivrance.

Vous connaissez maintenant, Lorenzo, toute l'histoire de mes amours; vous êtes á portée de juger ma conduite, et de reconnaître la fausseté des récits qui vous ont été faits. Je vous répete ici que mes intentions relativement á votre sœur, ont toujours été pures et honorables; que mon dessein et mon unique désir ont toujours été, sont toujours de l'avoir pour femme. J'espère qu'en faveur de ces dispositions, vous me pardonnerez l'erreur d'un moment; que vous-même m'aiderez à réparer mes torts envers elle, et á m'assurer un titre légitime á la possession de sa personne et de son cœur.

V.

« O vous, qui, sur la nacelle légère de la vanité, que pousse le vent des éloges, vous embarquez follement pour le voyage de la renommée, attendez-vous à toutes les variations d'une course orageuse. Votre sort est d'être perpétuellement ou élevé sur le sommet du flot ou enfoncé dans le gouffre; quiconque soupire aprés la gloire, n'aura que de courts instans de repos; ranimé par un souffle, un autre souffle le détruira ».

Pope.

Après que le Marquis eut ainsi terminé le récit de ses aventures, Lorenzo garda quelques instans le silence; il le rompit enfin.

« Raymond, dit-il en lui prenant la main, les lois strictes de l'honneur exigeraient que je vengeasse dans votre sang l'outrage fait par vous á ma famille; mais d'après les circonstances particulières que vous venez de me raconter, je ne puis voir en vous un ennemi. Je conçois que la tentation a été trop forte, et qu'il aurait fallu peut-être une vertu plus qu'humaine pour résister. La superstition de mes parens est la seule cause de tous ces malheurs; ils sont plus repréhensibles qu'Agnès et que vous-même. Le passé ne peut être rappelé, mais il peut être réparé par votre union avec ma sœur. Vous avez été, vous continuerez d'être mon meilleur, mon unique ami. J'ai pour Agnès la plus tendre affection, et si j'avais eu á faire choix d'un époux pour elle, c'est vous-même que j'aurais choisi. Poursuivez donc votre entreprise. Je vous accompagnerai demain au soir, et conduirai moi-même Agnès á la maison du Cardinal. Ma présence légitimera sa conduite, et mettra á l'abri de toute censure sa fuite du couvent».

Le Marquis lui témoigna sa vive reconnaissance. Lorenzo lui apprit qu'il n'avait plus rien á craindre de l'inimitié de Donna Rodolphe. Il y avait déjà cinq mois que, dans un accès de colère, elle s'était rompu un vaisseau, et était morte dans l'espace de quelques heures. Passant ensuite á un autre objet, il lui parla des intérêts d'Antonia. Le Marquis fut fort surpris d'entendre parler de cette nouvelle parente. So père avait emporté au tombeau sa hain contre Elvire, et jamais il ne lui avai même donné à entendre qu'il sût ce qu'é tait devenue la veuve de son fils aîné. «Vou avez eu raison de conjecturer, dit Don Raymond á son ami, que je serais disposé á reconnaître ma belle-sœur et son aimable fille. Les préparatifs de l'évasion d'Agnès ne me permettent pas de leur rendre visite aujourd'hui; mais je vous prie, Lorenzo, de les assurer de mon amitié, et de leur fournir, pour mon compte, toutes les sommes dont elles pourraient avoir besoin». Lorenzo promit de se conformer á ses vues, aussitôt qu'il pourrait découvrir le lieu de la résidence d'Elvire. Il prit alors congé de son futur beau-frère, et retourna au palais de Médina.

Le jour commençait á paraître lorsque le Marquis se retira á son appartement. Sachant bien que son récit durerait plusieurs heures, et voulant n'être point interrompu, il avait, en rentrant á son hôtel, défendu qu'on l'attendît. Il fut donc un peu surpris, en entrant dans son antichambre, d'y trouver encore Théodore. Assis près d'une table, et tenant une plume à la main, le page était tellement occupé, qu'il ne s'aperçut point de l'approche de son maître. Le Marquis l'observa pendant quelques instans. Il écrivait quelques lignes, s'arrêtait, recommençait á écrire, souriait á ses idées, dont il paraissait émerveillé. A la fin il mit la plume sur la table, se leva, et s'écria, en se frottant les mains d'un air joyeux: « M'y voilá, c'est charmant ; c'est charmant » !

Les transports du page furent interrompus par un grand éclat de rire.

« Qu'avez-vous donc lá de si charmant »? dit le Marquis, qui soupçonnait de quelle nature étaient ses occupations.

Le jeune homme tressaillit, rougit, courut á la table, prit vîte son papier et le cacha dans son sein.

« Je ne savais pas, Monsieur, que vous fussiez si près de moi. Puis-je vous être de quelque utilité ? Lucas est déjá au lit».

« Je compte aussi me mettre au lit dès que j'aurai pu vous dire mon opinion sur vos vers ».

« Sur mes vers, Monsieur » ?

« Oui, Théodore ; je suis sûr que le Dieu des vers a pu seul vous tenir éveillé jusqu'á ce moment. Montrez-les-moi ; je serai fort aise de voir quelque nouveauté de votre composition ».

« En vérité, Monsieur, ils ne méritent pas votre attention ».

« Moi, je crois qu'ils sont charmans, puisque vous l'avez dit. Allons, voyons, je vous promets d'être un critique indulgent ».

L'aimable enfant lui présenta son papier d'un air fort humble en apparence ; mais le plaisir qui brillait dans ses yeux á travers sa feinte tristesse, décélait la vanité de son jeune cœur. Le Marquis sourit en observant ce qui se passait dans l'ame de Théodore. Il s'assit ; le jeune page, secrètement partagé entre l'espoir et la crainte, cherchait avec une inquiétude inexprimable à lire sur le visage de son maître l'effet de ses vers.

L'AMOUR ET LA VIEILLESSE.

La nuit était noire ; un vent froid soufflait. Anacréon, devenu vieux et morose, était assis près de son feu dont il entretenait la flamme pétillante. Soudain la porte de sa chaumière s'ouvre. Il aperçoit, ô surprise ! l'Amour, qui jette autour de lui un regard amical, et le salue par son nom.

Quoi ! c'est toi ? dit Anacréon d'un air triste et mécontent. Voudrais-tu donc encore enflammer mon sein de ta dangereuse fureur ? Que viens-tu chercher dans ce désert, où n'habitent ni les ris ni les jeux ? Jamais cette vallée ne fut l'asyle des amans. Un éternel hiver tient ces plaines enchaînées. Aussi froide que lui, la vieillesse règne seule dans mon jardin, dans ma maison et dans mon cœur.

Quelque jeune vierge invoque en ce moment ton pouvoir sous un ombrage fleuri ; hâte-toi de te rendre auprès d'elle. Ordonne aux songes voluptueux de voltiger autour de son lit. Va reposer sur le sein brûlant de Damon, va folâtrer autour des lèvres de Cloé, ou te faire un oreiller de sa joue vermeille.

Voilà les lieux que tu dois fréquenter, retire-toi. Crois-tu que j'aie oublié les peines que tu me causas tant que je fus dans les liens de Julie, le feu dont mon sein brûla, les soupirs jaloux qui déchirèrent mon cœur, et mes espérances déçues, et mes vœux dédaignés? Retire-toi, te dis-je, et va chercher, pour le trahir, quelqu'autre que moi.

Est-ce que l'âge, bon-homme, a troublé votre raison, dit le dieu? Est-ce à moi que s'adressent ces injures, à moi! qui cependant vous aime encore? S'il vous est arrivé de rencontrer une orgueilleuse, cent autres, dites-moi, n'ont-elles pas été douces avec vous? Tel est l'homme: sa main écrit les bienfaits sur le sable, et grave sur la pierre solide un léger désagrément.

Qui t'a conduit, ingrat, au canal où Lesbie se baignait en plein midi? Qui t'a indiqué la cachette où Daphné reposait seule au déclin du jour? et lorsque Célie criait au secours, quel autre que l'Amour t'inspira de lui fermer la bouche d'un baiser? — Vous m'appelliez alors aimable enfant, vous ne vouliez aimer que moi. Le vin même ne vous plaisait point, disiez-vous, si les lèvres de l'Amour n'avaient auparavant touché les bords du vase.

Ces momens si doux ne reviendront-ils plus? Suis-je pour jamais banni de votre cœur? Oh non! Ce sourire me dit que vous m'aimez encore. Ce sein palpitant, ces yeux étincelans m'annoncent le retour de votre tendresse. Reviens, Anacréon, reviens à moi. Mon flambeau réchauffera ton cœur glacé par l'âge. Ma main désarmera la fureur du pâle hiver, et le printemps et la jeunesse reviendront folâtrer autour de toi.

L'Amour arracha de son aîle une plume dorée, et la mit dans la main du poète. Aussitôt les rêves brillans de l'imagination s'élèvent autour de sa tête et la remplissent d'une sainte inspiration. Son sein brille d'une flamme céleste; il saisit sa lyre. La plume rase légèrement les cordes sonores, trop long-temps négligées. Anacréon chante de nouveau le pouvoir de l'Amour.

A ce nom seul les arbres des forêts secouent leurs chevelures de neige. Les ruisseaux, se fondant, brisent leurs froides entraves. L'hiver s'enfuit. La terre au même instant se couvre de fleurs nouvelles. L'haleine du zéphir pénétre dans les réduits les plus solitaires, et le soleil, du haut du ciel, répand les rayons brillans du jour.

Attirés par les sons harmonieux, les faunes et les sylvains entourent la chaumière et cherchent à voir le musicien. Les nymphes des bois ressentent l'effet de l'enchantement. Impatientes, elles courent, elles bondissent, elles désirent, elles aiment. En écoutant les douces modulations de sa voix, elles oublient qu'Anacréon est vieux.

L'Amour, qui jamais ne reste en place, tantôt posé sur le haut de sa lyre, sait en l'agitant en prolonger les sons : tantôt en voltigeant, il les étouffe d'un coup d'aîle ou interrompt la voix du chantre par un baiser. Dans un moment, se glissant entre ses bras, il se blottit dans son sein. Un instant après, il entrelace de roses les cheveux blancs du vieillard, et folâtre autour de sa tête, porté sur ses aîles d'or déployées.

Oh ! désormais, dit Anacréon, je ne veux plus offrir mes vœux à d'autres autels, puisque l'Amour daigne encore m'inspirer. Assez d'autres chanteront les héros et les rois. Embouche qui voudra les trompettes guerrières. Amour, Amour, je te serai désormais fidèle. A toi seul je consacre ma lyre, et jusqu'à mon dernier soupir ma bouche ne chantera que toi.

Le Marquis rendit á Théodore son papier avec un sourire d'encouragement.

« Votre petit poëme me plaît beaucoup, lui dit-il ; cependant vous ne devez pas trop vous en rapporter á mon opinion. En fait de poésie, je ne suis pas un très-bon juge. Il m'est arrivé de faire une fois quatre ou cinq espèces de vers; ils étaient tendres; la strophe commençait par ces mots: « Je suis á toi, tu es á moi, etc. » Cependant l'effet en á été pour moi si peu satisfaisant, que j'ai bien promis de n'en plus faire un seul de ma vie. Et quant á vous, Théodore, je dois vous dire que vous ne pouvez choisir une occupation plus dangereuse que celle de faire des vers. Un auteur, quel qu'il soit, bon, mauvais ou médiocre, est une créature malheureuse que chacun se croit en droit d'attaquer. Peu de personnes sont en état d'écrire un livre; mais tout le monde se croit apte á le juger. Un mauvais ouvrage porte avec lui sa punition: c'est le mépris et le ridicule. Est-il bon? Il excite l'envie, et attire sur son auteur mille et mille mortifications; il se voit assailli par une nuée de critiques partiaux et de mauvaise humeur. L'un trouve á redire au plan, un autre au style, un autre á la moralité; et s'ils ne réussissent point à trouver des défauts á l'ouvrage, ils chercheront alors á flétrir l'auteur; ils produiront malicieusement au grand jour toutes les particularités propres à jeter du ridicule sur son caractère ou sur sa vie privée, et viseront á blesser l'homme, s'ils ne peuvent atteindre l'écrivain. En un mot, entrer dans la carrière de la littérature, c'est vous exposer volontairement à tous les traits de la jalousie, du ridicule, du dédain et même du blâme. Un jeune auteur, je le sais, trouve en cela même de l'encouragement et de la consolation. *Lope de Vega*, se dit-il à lui-même, et *Calderone*, ont eu aussi des critiques injustes et envieux ; et modestement il se range dans la même catégorie. Je sais que ces sages observations ne font que glisser sur votre esprit, que la manie littéraire est un mal sans remède, et qu'il ne vous est pas plus aisé de cesser d'écrire que moi de cesser d'aimer ; cependant si vous ne pouvez résister totalement au paroxisme poétique, ayez du moins la précaution de ne communiquer vos vers qu'à ceux dont la prévention bien déclarée en votre faveur vous assure leur approbation ».

« Ainsi, Monsieur, vous ne trouvez donc pas que mes vers soient bons » ? reprit Théodore d'un air consterné.

« Je ne dis pas cela. Je vous ai déclaré, au contraire, qu'ils me plaisaient beaucoup ; mais mon amitié pour vous me rend suspect de partialité, et d'autres pourraient en porter un jugement moins favorable. Je dois encore vous dire que ma prévention même ne m'aveugle pas au point de n'y pas apercevoir un assez grand nombre de défauts. Par exemple, j'y vois une grande profusion de métaphores. La force de vos vers, en général, consiste plus dans les mots que dans le sens ; quelques vers ne sont là que pour la rime ; et la plupart des meilleures idées sont empruntées d'autres poètes, quoique vous-même ignoriez peut-être le plagiat. Ces défauts pourraient, á la rigueur, être excusés dans un ouvrage de longue haleine ; mais un aussi petit poëme devrait être parfait ».

« Cela peut être vrai, Monsieur ; mais je vous prie de considérer que je n'écris que pour mon plaisir ».

« Vos défauts en sont moins excusables. On peut pardonner quelques négligences á ceux qui, écrivant pour de l'argent, sont obligés de compléter leur tâche dans un temps donné, et sont payés, non d'après la valeur, mais d'après le volume de leurs productions ; mais dans ceux qu'aucune nécessité n'oblige á se faire auteurs, qui, n'écrivant que pour l'honneur, ont tout le loisir de polir leurs compositions, ces fautes sont impardonnables ; elles appellent sur l'ouvrage les traits de la plus sévère critique ».

Le Marquis se leva. Voyant Théodore triste et découragé, il ajouta en souriant :

« Cependant ces vers ne déshonoreront

point votre nom. Votre versification est assez facile, et vous avez l'oreille juste. La lecture de votre petit poëme m'a causé beaucoup de plaisir ; et si ce n'est pas vous demander une faveur trop grande, je vous serai fort obligé de m'en donner une copie ».

Ces derniers mots épanouirent la physionomie du jeune homme ; n'ayant pas apercu le sourire moitié sincère, moitié ironique qui accompagnait cette prière, il se hâta de promettre la copie. Le Marquis entra dans sa chambre, satisfait d'avoir donné cette petite leçon á la vanité de Théodore, se jeta sur son lit, s'endormit, et fit d'agréables rêves sur le bonheur que lui promettait son union prochaine avec Agnès.

A son retour á l'hôtel de Médina, Lorenzo demanda ses lettres; il en trouva plusieurs qui l'attendaient, mais il ne trouva point celle que lui-même attendait. Léonelle n'avait pu lui écrire le même soir. Elle n'avait eu que le temps d'informer Don Christoval, sur qui elle se flattait d'avoir fait une impression assez profonde, et dont elle voulait, avant tout, s'assurer, du lieu où il pourrait la revoir. A son retour du sermon, Léonelle avait raconté á sa sœur comment un fort aimable cavalier avait eu pour elle les attentions les plus marquées, et comment son compagnon s'était chargé d'embrasser les intérêts d'Antonia auprès du Marquis de Las Cisternas. Elvire fut beaucoup moins satisfaite de ce récit que celle qui le faisait. Elle blâma l'imprudente facilité avec láquelle sa sœur avait confié á un inconnu le secret de ses affaires, et craignit qu'une démarche aussi inconsidérée n'inspirât au Marquis des préventions contre elle, mais elle cacha dans le fond de son cœur sa principale crainte. Elle avait observé qu'au seul nom de Lorenzo le rouge montait au visage de sa fille. Toutes les fois qu'il en était question, Antonia, timide, embarrassée, détournait la conversation et parlait d'Ambrosio. Ayant aperçu les émotions de ce jeune cœur, Elvire exigea de Léonelle qu'elle se dispensât d'écrire aux deux cavaliers. Un soupir échappé á Antonia, confirma la prudente mère dans son opinion.

Mais Léonelle avait, de son côté, résolu de n'en faire qu'á sa tête; elle ne vit dans les scrupules de sa sœur, que l'inspiration d'une secrète jalousie. Elvire craignait apparemment qu'elle ne pût parvenir á un rang supérieur au sien. Léonelle adressa donc secrètement á Lorenzo le billet suivant, qui lui fut remis á son réveil :

« Vous m'accusez sans doute, Signor Lorenzo, de négligence et d'ingratitude, mais je vous jure, sur mon honneur virginal, qu'il ne m'a pas été possible hier d'accomplir ma promesse. Je ne sais en quels termes vous instruire de l'étrange accueil qu'a fait ma sœur á votre bon désir de lui rendre visite. Ma sœur est une femme fort singulière, quoiqu'elle ait de bonnes qualités; mais elle est jalouse de moi, ce qui fait que souvent ses idées me semblent inexplicables. En apprenant que votre ami m'avait fait beaucoup de politesse, elle a pris l'alarme; elle a blâmé ma conduite, et m'a expressément défendu de vous faire connaître notre adresse; mais ma reconnaissance des bons offices que vous nous avez offerts, et, l'avouerai-je, mon désir de revoir le trop aimable Christoval, ne me permettent pas de condescendre á ses volontés. Nous demeurons, Monsieur, dans la rue de *Saint-Jago*, la quatrième porte après le palais d'*Albornos*, et presque en face du barbier *Miguel Coello*. Vous pouvez demander Donna Elvire Dalfa, nom de fille de ma sœur, qu'elle continue de porter d'après l'ordre exprès de son beau-père. Vous êtes sûr de nous trouver ce soir á huit heures; mais ne laissez pas échapper un mot qui puisse faire soupçonner à ma sœur que je vous ai écrit cette lettre. Si vous voyez le Comte d'Ossorio, dites-lui, — je rougis en le déclarant, que sa présence aussi ne sera que trop agréable á la tendre

« Léonelle ».

Ces derniers mots étaient écrits avec de l'encre rouge, pour figurer l'aimable rougeur qui couvrait les joues de Léonelle lorsqu'elle traçait des mots si propres à effaroucher sa pudeur virginale.

Après avoir lu ce billet, Lorenzo fit chercher partout Don Christoval; mais n'ayant pu le trouver de tout le jour, il prit le parti de se rendre seul chez Donna Elvire, á la grande mortification de Léonelle. Le domestique qu'il chargea de l'annoncer ayant déjá dit qu'Elvire était á la maison, elle ne put refuser sa visite; ce ne fut cependant qu'avec répugnance qu'elle consentit á le recevoir. Cette répugnance fut encore accrue par l'émotion visible que son approche et surtout sa présence produisirent sur Antonia. Lorenzo était bien fait de sa personne; ses traits étaient expressifs et ses manières naturellement élégantes. Elvire, quand elle l'aperçut, résolut de le recevoir avec une politesse froide, de refuser ses offres de services, tout en se montrant reconnaissante de ce qu'elles avaient d'obligeant, et de lui faire sentir, sans cependant l'offenser, qu'elle serait charmée qu'il voulût á l'avenir supprimer ses visites.

Lorsqu'il entra, Elvire, indisposée, était à demi couchée sur un lit de repos. Antonia brodait, assise devant son tambour, et Léonelle, en habit de bergère, lisait la *Diane de Monte-Mayor*. Lorenzo s'attendait á trouver dans Elvire, quoiqu'elle fût mère d'Antonia, la sœur de Léonelle et la fille d'un honnête cordonnier de Cordouë. Un seul coup-d'œil fut suffisant pour le détromper; il vit une femme d'une figure très-distinguée, et belle encore, quoique le temps et les chagrins eussent un peu altéré ses traits. Sa physionomie était grave; mais cette gravité était tempérée par une douceur enchanteresse. Lorenzo conjectura qu'elle devait avoir ressemblé dans sa jeunesse á Antonia; il commença par témoigner son étonnement de l'imprudente prévention du feu Comte de Las Cisternas. Elle le pria de s'asseoir, et se rassit elle-même.

Antonia le reçut avec une simple révérence, et continua de travailler. Pour cacher la rougeur qui couvrait ses joues, elle se pliait en deux sur son métier. La tante joua la modestie; elle affecta de rougir et d'être tremblante; elle tenait les yeux baissés, se préparant à recevoir les complimens de Don Christoval, qu'elle supposait entré avec Médina ; mais á la fin, regardant autour d'elle, ce fut avec une extrême mortification qu'elle s'aperçut que Médina était seul. Comme il parlait á Elvire de Don Raymond, Léonelle impatiente lui demanda, en l'interrompant, ce qu'était devenu son ami.

Ah! Segnora, répondit tristement Lorenzo, qui désirait se maintenir dans ses bonnes grâces, combien il sera affligé d'avoir manqué cette occasion de vous présenter ses hommages! La maladie subite d'un de ses parens l'a obligé de quitter Madrid á la hâte; mais soyez sûre qu'à son retour, sa première démarche sera de venir se mettre à vos pieds.

Comme il disait ces mots, ses yeux rencontrèrent ceux d'Elvire, dont le regard fixe et expressif lui reprocha d'avoir dit un mensonge. Léonelle, de son côté, ne fut pas plus satisfaite de cette réponse. Honteuse et mécontente, elle se leva, et sortit en gromelant.

Lorenzo se hâta de réparer sa faute et de se rétablir dans l'opinion d'Elvire; il lui rapporta la conversation qu'il avait eue avec le Marquis, l'assurant que Don Raymond était prêt à la reconnaître pour la veuve de son frère, et qu'il l'avait spécialement chargé de venir leur rendre visite, en attendant qu'il pût y venir lui-même.

Cette nouvelle soulagea d'un grand poids l'esprit d'Elvire. Elle avait donc enfin trouvé un protecteur pour sa jeune orpheline! Elle remercia Lorenzo de s'être si généreusement intéressé pour elle; cependant elle ne l'invitait point á répéter sa visite. En prenant congé, Lorenzo lui demanda la permission de venir quelquefois s'informer de sa santé. Le ton poli avec lequel il fit cette demande, la reconnaissance, l'amitié qui l'unissait au Marquis, tous ces motifs ne laissaient point á Elvire la liberté d'un refus; elle consentit à le revoir; il promit de ne point abuser de la permission, et sortit.

Après son départ, Elvire et Antonia, restées seules, gardèrent quelques instans le silence. Toutes deux désiraient parler sur le même sujet; mais l'une éprouvait un embarras qui ne lui permettait pas de desserrer les lèvres, l'autre craignait de voir ses craintes confirmées, et toutes deux se taisaient.

«Ce jeune homme est fort aimable, dit enfin Elvire; il me plaît beaucoup. Hier, à l'eglise, fut-il long-temps auprès de vous, Antonia»?

« Oh! maman, il ne m'a pas quittée un seul instant; il a eu l'honnêteté de me donner sa chaise, et s'est montré fort obligeant et fort attentif».

« Vraiment? Pourquoi donc ne m'en avez-vous point parlé? Je ne vous ai pas même entendu prononcer son nom. Votre tante m'a fait un pompeux éloge de son ami; vous m'avez parlé de l'éloquence d'Ambrosio, et l'une et l'autre ne m'avez pas dit un seul mot, ni de la personne, ni des agrémens de Don Lorenzo. Si Léonelle ne m'eût pas instruite de son empressement à nous servir, j'aurais totalement ignoré son existence ».

Antonia rougit, et ne répondit point.

« Vous en jugez peut-être moins favorablement que moi. Sa figure est, à mon gré, fort agréable; sa conversation est celle d'un homme sensé, et ses manières sont fort engageantes. Peut-être l'avez-vous vu sous un autre aspect. Vous semble-t-il... désagréable ».

« Désagréable! Oh! maman, comment serait-il possible? Il eut hier tant de bontés pour moi; sa figure est à la fois si gracieuse et si noble, sa conversation est si intéressante, ses manières si engageantes!.... Soyez sûre, maman, que je pensais á lui, quoique je ne vous en parlasse point ».

« Oh! cela, je le crois. Mais vous n'avez pas eu le courage de m'en faire vous-même la confidence; vous m'avez caché, Antonia, que vous nourrissiez au fond de votre cœur un sentiment nouveau, et cela parce que vous avez pensé que je pourrais la désaprouver. Venez près de moi, mon enfant ».

Antonia, confuse et embarrassée, quitta sa broderie, et, se jetant á genoux près du sopha, cacha son visage dans le sein de sa mère.

« Calmez vos craintes, ma chère Antonia. Voyez en moi une tendre amie, et ne craignez aucun reproche de ma part. J'ai lu sur votre visage les émotions de votre cœur ; vous n'avez point l'art de les cacher, et elles ne pouvaient échapper á l'œil attentif d'une mère. Ce Lorenzo, croyez-moi, est dangereux pour votre repos. En supposant même que votre affection fût payée par lui de retour, quelles peuvent être les suites de cet attachement ? Vous êtes pauvre et n'avez point d'amis, mon Antonia ; Lorenzo est l'héritier du Duc de Médina-Céli. En supposant qu'il n'ait que des vues honorables, son oncle ne consentira jamais à cette union ; et moi, je n'y donnerai point mon consentement sans celui de cet oncle. J'ai trop appris, par ma propre expérience, à quels chagrins une jeune fille s'expose en entrant dans une famille qui refuse de la recevoir. Combattez donc votre penchant, ma fille, quoi qu'il doive vous en coûter, tâchez de le surmonter ».

Antonia baisa la main de sa mère, et promit d'obéir.

«Pour empêcher, continua Elvire, que votre affection ne s'accroisse, il sera nécessaire d'arrêter le cours des visites de Lorenzo. Le service qu'il m'a rendu ne me permet pas de l'éconduire formellement; mais, si je n'augure pas trop favorablement de son caractère, j'espère qu'il entendra mes raisons. Qu'en dites-vous, mon enfant? Cette précaution ne vous semble-t-elle pas nécessaire»?

Antonia souscrivit á tout sans hésiter, mais non pas sans regret. Sa mère l'embrassa affectueusement, et se retira dans sa chambre á coucher. Antonia suivit son exemple, et fit vœu si fréquemment de ne plus penser à Lorenzo, qu'elle ne pensa qu'á lui jusqu'au moment où le sommeil vint fermer sa paupière.

Au sortir de chez Elvire, Lorenzo se hâta de rejoindre le Marquis. Tout était prêt pour le second enlévement d'Agnès. A minuit, les deux amis étaient, avec un carrosse á quatre chevaux, sous les murs du couvent. Don Raymond, possesseur de la clef du jardin, en ouvrit la porte, ils entrèrent, et attendirent pendant quelque temps qu'Agnès vînt les joindre. Le Marquis, impatient, et craignant que sa seconde tentative ne fût pas plus heureuse que la première, proposa d'aller de plus près *reconnaître* le couvent. Les deux amis s'approchèrent ; tout était tranquille et dans l'obscurité.

L'Abbesse avait jugé à propos de garder le secret sur l'aventure d'Agnès, craignant que le crime d'un de ses membres de sa communauté ne rejaillît sur tout le reste, ou que l'interposition de quelques parens puissans ne la frustrât de sa vengeance, en lui enlevant sa victime. Elle avait donc eu soin de ne donner à l'amant d'Agnès aucune raison de soupçonner que ses desseins étaient découverts, et que son amante allait être punie. La même raison lui avait fait rejeter l'idée de faire arrêter le séducteur inconnu, lorsqu'il se présenterait la nuit au jardin. Cette démarche aurait causé trop de trouble et attiré trop particulièrement sur son couvent les yeux de tout Madrid. Elle se contenta de renfermer étroitement Agnès, laissant à son amant la liberté de poursuivre l'accomplissement de ses desseins. Le résultat de cette détermination fut tel qu'elle l'avait espéré. Le Marquis et Lorenzo attendirent en vain jusqu'au point du jour ; ils se retirèrent alors sans bruit, alarmés de voir ainsi leur projet avorté, et ne pouvant en deviner la cause.

Le lendemain matin, Lorenzo courut au couvent, et demanda à voir sa sœur. L'Abbesse parut à la grille, et lui annonça d'un air triste que, depuis plusieurs jours, Agnès avait paru fort agitée; qu'elle avait été vainement pressée par ses compagnes de leur dévoiler la cause de sa mélancolie, et de chercher dans leur amitié des consolations; qu'elle avait obstinément persisté á ne leur faire aucune confidence; mais que jeudi soir ses peines secrètes avaient produit un effet si violent sur sa constitution, qu'elle était tombée malade et gardait á présent le lit.

Lorenzo ne crut pas un mot de cette histoire, dit qu'il voulait absolument voir sa sœur, et demanda, si elle ne pouvait descendre á la grille, à être admis dans sa cellule.

L'Abbesse fit le signe de la croix, choquée de la seule idée que l'œil profane d'un homme pût parcourir l'intérieur de sa sainte maison; et, fort étonnée que Lorenzo pût lui faire une semblable proposition, elle lui dit que sa demande ne pouvait lui être accordée; mais que, s'il voulait revenir le lendemain, elle espérait que sa chère fille serait suffisamment rétablie pour descendre au parloir. Lorenzo fut obligé de se retirer, assez mécontent de cette réponse, et alarmé pour la sûreté de sa sœur.

Il revint au couvent le lendemain de bonne heure. « Agnès était plus mal. Le édecin avait déclaré qu'elle était en daner; il lui avait ordonné de rester tranuille dans son lit; elle ne pouvait conséuemment recevoir la visite de son frère». orenzo devint furieux, il pria, supplia, enaça, mais en vain: après avoir emloyé tous les moyens imaginables, il reint désespéré trouver le Marquis. Celuii, de son côté, avait mis tout en usage our découvrir ce qui avait pu faire échouer e complot. Don Christoval, auquel ils vaient cru devoir confier leur secret, vait cherché á faire parler la vieille porière du couvent, qu'il connaissait d'anienne date; mais elle était sur ses gardes: l n'en put tirer aucun éclaircissement. Le Marquis écumait de colère; Lorenzo n'était guère moins agité. Tous deux s'accordaient á conjecturer que le secret de l'évasion avait été découvert, et que la maladie d'Agnès n'était qu'un prétexte inventé par l'Abbesse; mais ils n'apercevaient aucun moyen de l'arracher de ses mains.

Lorenzo se rendait chaque jour au couvent, et chaque jour on lui disait que sa sœur était ou plus mal ou dans le même état. Bien assuré que ces rapports étaient faux, il n'en était point alarmé; mais comme il ignorait de quelle manière sa sœur était traitée, et d'après quels motifs l'Abbesse s'obstinait á empêcher qu'il ne la vît ; cette incertitude lui causait les plus vives inquiétudes. Telle était la situation de Lorenzo et du Marquis, lorsque celui-ci reçut une seconde lettre du Cardinal-Duc de Lerme. Cette lettre renfermait la bulle du Pape qui relevait Agnès de ses vœux, et ordonnait qu'elle fût rendue á ses parens. L'arrivée de ce papier essentiel détermina la marche qu'ils suivraient désormais. Ils convinrent que Lorenzo irait porter dès le lendemain une expédition de la bulle á l'Abbesse, qui, pour se dispenser d'obéir, ne pourrait alors alléguer la maladie d'Agnès; qu'il exigerait que sa sœur lui fût remise à l'instant même, et qu'il la conduirait au palais de Médina.

Ainsi délivré de toute inquiétude relativement á sa sœur, Lorenzo eut quelques instans á donner á l'amour et á Antonia. Vers les huit heures, il se présenta de nouveau chez Elvire; elle avait donné ordre qu'on le laissât entrer. Dès qu'on l'eût annoncé, sa fille se retira avec Léonelle ; et quand il entra, il trouva Elvire seule. Elle le reçut un peu plus familièrement que la première fois, et le fit asseoir auprès d'elle.

« Don Lorenzo, dit-elle allant droit au fait, vous devez me croire reconnaissante du service que vous m'avez rendu auprès du Marquis ; soyez assuré que je n'en perdrai jamais le souvenir. L'intérêt seul de mon enfant, de ma chère Antonia, va m'inspirer ce que je me propose de vous dire aujourd'hui. Ma santé est faible ; bientôt peut-être Dieu me rappellera á lui. Ma fille alors demeurerait sans parens et sans protecteurs, si, par quelque imprudence, elle perdait l'espoir de trouver protection dans la famille de Cisternas. Ma fille est jeune et sans artifice ; elle est assez jolie pour qu'il me soit permis de songer á la préserver de la séduction ; son ame est d'ailleurs douce et aimante. Un seul instant peut éveiller des passions encore assoupies dans le fond de son cœur. Vous êtes aimable, Don Lorenzo ; Antonia est déjá reconnaissante envers vous. Vous le dirai-je? votre présence ici me fait trembler. Je crains qu'elle ne lui fasse éprouver des sentimens qui répandraient l'amertume sur le reste de sa vie, ou lui feraient concevoir des espérances que sa situation rendrait éternellement vaines et inexcusables. Pardonnez-moi si je vous avoue mes craintes, et laissez-moi vous en développer les motifs. Je ne puis vous interdire l'entrée de ma maison ; mais je crois pouvoir invoquer votre générosité, et vous prier d'avoir égard aux sollicitudes d'une mère. Croyez que je regretterai sincèrement de ne pouvoir cultiver votre connaissance, ma tendresse pour ma fille m'oblige, Don Lorenzo, à vous prier de supprimer á l'avenir vos visites. En cédant á ma demande, vous augmenterez l'estime que j'ai déjá conçue pour vous, et dont tout me porte á croire que vous êtes digne ».

« Votre franchise me charme, reprit Lorenzo, et je vous confirmerai dans la bonne opinion que vous avez de moi, cependant j'espère que les raisons que vous venez de m'alléguer ne vous porteront pas à persister dans votre demande. J'aime votre fille, et l'aime sincèrement. Ce serait pour moi le comble du bonheur, si je pouvais lui inspirer ces sentimens même que vous paraissez redouter, la conduire à l'autel, et recevoir sa main d'elle-même et de vous. Quant á présent, je ne suis pas riche, il est vrai; mon père, en mourant, ne m'a laissé qu'un modique héritage; mais mes espérances me permettent peut-être d'oser prétendre á la main de la fille du Comte de Las Cisternas.

Il allait continuer: Elvire l'interrompit.

« Ce titre pompeux, Don Lorenzo, vous fait perdre de vue mon origine. Vous oubliez que j'ai passé quatorze ans en Espagne, désavouée par la famille de mon mari, et n'existant que d'une pension à peine suffisante pour l'entretien et l'éducation de ma fille. J'ai même été négligée par la plupart de mes propres parens, qui ne pouvaient croire á la réalité de mon mariage. Ma pension ayant cessé á la mort de mon beau-père, je me suis trouvée réduite á l'indigence. Me voyant dans cette situation, ma sœur, qui unit á quelques travers d'esprit le cœur le plus tendre et le plus généreux, m'a aidée de son peu de fortune, m'a engagée á me rendre á Madrid, où elle me soutient, ma fille et moi, depuis que nous avons quitté la Murcie. Ne voyez donc point dans Antonia la descendante du Comte de Las Cisternas; considérez-la comme une pauvre et malheureuse orpheline, comme la petite-fille de l'artisan Torribio Dalfa, comme la pensionnaire nécessiteuse de la fille d'un simple ouvrier. Comparez cette situation à celle du neveu et de l'héritier du puissant Duc de Médina. Je crois que vos intentions sont honorables, Don Lorenzo; mais comme il n'y a point d'espoir que votre oncle veuille jamais approuver cette union, je prévois que les suites de votre attachement seraient fatales au repos de mon enfant».

« Pardon, Segnora ; vous êtes mal informée, si vous mesurez le caractère de mon oncle sur celui de la plupart des autres hommes. Mon oncle a une manière de voir supérieure aux vains préjugés et aux motifs sordides d'intérêt; il a beaucoup d'affection pour moi, et je n'ai aucune raison de craindre qu'il voulût s'opposer á mon mariage avec Antonia, quand il verrait que mon bonheur en dépend. Mais en supposant même qu'il n'y voulût pas consentir, qu'ai-je à craindre? Mes parens ne sont plus; je suis possesseur de ma petite fortune: elle sera suffisante pour soutenir convenablement Antonia, et je suis prêt á renoncer, pour obtenir sa main, au duché de Médina ».

« Vous êtes vif et jeune, Lorenzo; ces idées sont de votre âge; mais j'ai trop appris, par moi-même, que le malheur accompagne toujours les alliances inégales. J'ai épousé, contre la volonté de sa famille, le Comte de Las Cisternas: j'en ai été sévèrement punie. Quel que fût le lieu de notre retraite, la colère de son père a toujours poursuivi Gonzalve; la pauvreté vint nous assaillir, et nous ne trouvâmes plus d'amis. Notre mutuelle affection existait toujours; mais hélas! ce n'était plus sans interruption. Accoutumé á l'aisance, mon époux soutint mal le passage de la richesse á l'indigence. Il regretta les biens dont il avait joui et qu'il avait quittés pour moi; et quelquefois le désespoir venant á

s'emparer

s'emparer de son ame, il me reprochait notre commune détresse; me nommait le fléau de sa vie, la source de ses chagrins, la cause de sa ruine. Il ignorait, hélas! combien étaient plus amers les reproches que se faisait mon propre cœur. J'avais triplement á souffrir, pour moi-même, pour mes enfans, et pour lui. Il est vrai que ces instans étaient courts. Sa sincère tendresse reprenait bientôt son empire, et son repentir alors, son empressement à essuyer mes larmes, me tourmentaient encore plus que ses reproches. Il se jetait á mes genoux, me demandait mille fois pardon, et se maudissait lui-même comme l'unique cause de mes peines. Je veux épargner ces souffrances à ma fille. Tant que je vivrai, elle ne sera point votre épouse sans le consentement de votre oncle, qui indubitablement désapprouvera cette union. Il est puissant; je n'exposerai point mon Antonia aux effets de sa colère et de sa persécution ».

« Sa persécution! songez-vous combien il me serait aisé de l'éviter? En mettant les choses au pis, je n'aurais qu'á quitter l'Espagne. Ma fortune peut être aisément réalisée. Les îles d'Amérique nous offriront une retraite sûre; j'ai même un petit bien á Saint-Domingue. Nous partirons; la patrie sera pour moi le lieu où je pourrai posséder sans trouble Antonia ».

« Chimères romanesques ! Tels étaient aussi les sentimens de Gonzalve. Il crut pouvoir abandonner l'Espagne sans regret; le moment du départ le détrompa. Vous ne savez pas ce que l'on souffre á quitter son pays natal ! á le quitter pour ne jamais le revoir ; á le quitter pour des régions inconnues et sauvages, situées sous un climat dangereux ; à s'éloigner sans retour des compagnons de sa jeunesse ; à voir périr autour de soi les objets de sa tendresse, victimes des incurables maladies que produit la brûlante atmosphère de l'Inde ! J'ai eu tous ces maux á supporter : mon époux et deux aimables enfans ont trouvé leur tombeau dans l'île de Cuba ; un prompt retour en Espagne a sauvé seule ma jeune Antonia : Ah ! Don Lorenzo, si vous pouviez concevoir tout ce que j'ai souffert pendant cette absence ! combien je regrettais les lieux qui m'ont vue naître ! Je portais envie aux vents qui soufflaient vers l'Espagne ; et quand un matelot espagnol, en passant sous mes fenêtres, chantait quelque air connu, je sentais mes yeux se remplir de larmes en songeant á mon pays natal. Gonzalve lui-même, mon malheureux époux.... »

Les alarmes gagnèrent Elvire; elle se

couvrit le visage de son mouchoir. Après quelques instans de silence, elle se leva.

« Excusez-moi, dit-elle, si je vous quitte un moment; le souvenir de mes peines m'a fort agitée, et j'ai besoin d'un peu de solitude. En attendant mon retour, parcourez ces stances; je les ai trouvées, après la mort de mon mari, parmi ses papiers. Le chagrin m'aurait tuée, si j'avais su plutôt qu'il fût occupé de ces idées. Il écrivit ces vers lorsque nous partîmes pour Cuba, dans un de ces momens où l'ame obscurcie par le chagrin, il oubliait qu'il avait près de lui sa femme et ses deux enfans. Les biens que nous quittons nous semblent toujours les plus précieux: Gonzalve quittait pour jamais l'Espagne, le reste du monde n'offrait rien á ses yeux qui pût le dédommager de cette perte. Lisez ces stances, Don Lorenzo, elles vous donneront quelques idées des sentimens d'un banni.

Elvire remit le papier á Lorenzo, et sortit de l'appartement.

L'EXIL.

O beau pays de l'Ibérie!
Champs et vallons aimés des cieux;
Heureux climats, terre chérie,
Recevez mes derniers adieux.

Sur les bords déserts et sauvages
Gonzalve, bientôt égaré,
Sentira son cœur déchiré
Du regret de vos doux rivages.
O beau pays, etc.

J'étais au sein de l'opulence;
Honoré, caressé, servi:
L'amour, hélas! m'a tout ravi;
Je perds jusques à l'espérance.
O beau pays, etc.

Qui me rendra le sort prospère,
Le bonheur qui m'était promis,
Mon rang, mes biens et mes amis,
Et la tendresse de mon père.
O beau pays, etc.

Demeure antique de Murcie,
Je te quitte, paisible lieu,
Pour aller sous un ciel de feu
Tourmenter ma pénible vie.
O beau pays, etc.

De l'œil encore, je suis, j'embrasse
Ces monts groupés dans un lointain
Qui déjà conquis, incertain,
Par degrés, pâlit et s'efface.
O beau pays, etc.

Dors, mon vaisseau, dors je te prie,
Ou fais, du moins, peu de chemin,
Afin qu'à mon réveil demain
J'aperçoive encor ma patrie.
O beau pays, etc.

Vain désir! prière impuissante!
Le vent souffle, l'onde a grossi:

Hélas ! je serai loin d'ici,
Demain à l'aube renaissante.
O beau pays, etc.

Lorenzo avait á peine eu le temps de lire ces vers, lorsqu'Elvire rentra. Après avoir donné un libre cours à ses larmes, elle avait recouvré l'air calme et la dignité qui lui était ordinaires.

« Je n'ai rien á vous dire de plus, reprit-elle ; je vous ai exposé mes craintes ; je vous ai dit les raisons qui me font désirer que vous ne répétiez plus vos visites. Je me suis confiée pleinement á votre honneur, et je suis bien assurée que je n'ai pas eu de vous une opinion trop favorable».

« Encore une question, Segnora, je vous prie. Si le Duc de Médina approuvait mon amour, me permettriez-vous d'adresser mes hommages à vous et á l'aimable Antonia ? »

« Je ne dissimulerai point avec vous, Don Lorenzo. Quoiqu'il soit peu probable que cette union puisse jamais avoir lieu, je crains que ma fille elle-même ne la désire ; je ne vous cacherai point que votre présence a déjá fait sur elle une impression qui me cause les plus sérieuses alarmes: je suis donc obligée de la tenir éloignée de vous. Quant à moi, il n'y a pas lieu de douter que je fusse charmée de voir mon enfant avantageusement établie. Je n'ai pas l'espoir de vivre encore long-temps ; le Marquis de Las Cisternas m'est parfaitement inconnu ; quelles que soient aujourd'hui ses dispositions relativement à sa nièce, il se mariera ; il est possible qu'Antonia ne plaise point á son épouse, et qu'elle perde ainsi son unique protecteur. Si le Duc votre oncle donne son consentement, vous obtiendrez sûrement le mien et celui de ma fille, et ma porte alors vous sera ouverte ; jusque-lá, je vous prie d'être convaincu de mon estime et de ma reconnaissance, et de vous rappeler que nous ne devons plus nous voir ».

Lorenzo promit tout ce qu'exigeait Elvire, en l'assurant qu'il espérait avoir bientôt obtenu ce consentement. Prenant ensuite occasion de ce qu'elle venait de dire sur l'épouse future du Marquis, il lui raconta en peu de mots l'histoire de ses aventures avec Agnès, en ajoutant que Don Raymond n'attendait que la fin très-prochaine de cette affaire pour venir assurer lui-même Donna Elvire de son amitié et de sa protection.

« Votre sœur est, dites-vous, á Sainte-Claire, reprit Elvire ; je tremble pour elle: une de mes amies, qui fut élevée dans ce couvent, m'a peint l'Abbesse comme une femme hautaine, inflexible, superstitiéuse et vindicative. On m'a dit depuis qu'elle s'était mis en tête d'établir la plus sévère régularité dans son couvent, et que les plus légères imprudences ne trouvaient jamais grâce á ses yeux; qu'elle savait, quoique violente, prendre au besoin le masque de la douceur et de la bonté; mais qu'elle était implacable, et capable de prendre, comme d'éluder, les mesures les plus rigoureuses pour l'accomplissement de ses volontés. Je suis inquiète d'apprendre que Donna Agnès soit entre les mains d'une femme aussi dangereuse.

Lorenzo se leva et prit congé. Elvire, en lui rendant le salut, lui présenta sa main, qu'il baisa respectueusement; il témoigna ses regrets de ne pouvoir encore saluer Antonia, et retourna á son hôtel. Fort satisfaite du résultat de cette conversation, forcée de s'avouer à elle-même que Lorenzo, pour gendre, ne lui déplairait pas, elle crut cependant ne devoir point confier á sa fille la faible lueur d'espérance que les dispositions de son jeune amant lui laissaient entrevoir.

Le lendemain, dès la pointe du jour, Lorenzo était au couvent de Sainte-Claire, muni d'une copie en bonne forme des ordres du Saint-Père. Les Nonnes étaient encore á matines: il en attendit impatiemment la fin. L'Abbesse enfin parut á la grille : il demanda á voir Agnès. Hélas ! répondit la vieille Dame, la situation de cette chère enfant devient á chaque moment plus dangereuse. Les médecins en désespèrent ; ils ont déclaré qu'il n'y avait pour elle de guérison á espérer, qu'autant qu'on la préserverait de toute visite propre á agiter ses esprits. Lorenzo répondit á ces douloureuses exclamations, en présentant à l'Abbesse l'ordre exprès de Sa Sainteté, et exigea que, malade ou non, sa sœur lui fût remise sans délai.

L'Abbesse reçut le papier avec l'air de la plus profonde humilité ; mais quand elle eut d'un coup-d'œil vu ce qu'il contenait, sa colère parut à travers les efforts de son hypocrisie. Son visage devint pourpre, et les regards qu'elle lança á Lorenzo exprimaient la fureur et la menace.

« Cet ordre est positif, dit-elle en s'efforçant de paraître calme, et je voudrais qu'il fût en mon pouvoir de m'y conformer ».

Lorenzo poussa un cri de surprise.

« Je vous le répète, Monsieur, je m'empresserais d'obéir á cet ordre ; malheureusement cela n'est plus en mon pouvoir. J'ai voulu, par égard pour vos sentimens fraternels, vous annoncer par degrés un malheureux événement, vous préparer à en recevoir courageusement la nouvelle.

Cet

Cet ordre exprès rompt toutes mes mesures. Vous demandez Agnès, votre sœur; je suis obligée de vous informer sans détour qu'elle est morte Vendredi dernier».

Lorenzo pâlit.

« Vous me trompez, dit-il après un moment de réflexion. Il n'y a pas encore cinq minutes que vous me disiez qu'elle était malade, mais toujours vivante. Produisez-moi ma sœur à l'instant même; je dois, je veux la voir».

« Vous vous oubliez, Monsieur; vous devez du respect á mon âge aussi bien qu'á ma professiòn. Votre sœur n'est plus; je ne vous ai caché jusqu'á présent sa mort, que pour vous épargner un coup trop violent. En vérité, je suis bien mal payée de mes bonnes intentions. Et quel intérêt, je vous prie, aurais-je á la retenir? Il m'eût suffi de connaître qu'elle désirait quitter notre communauté, pour désirer moi-même son absence. Son séjour ici ne pouvait d'ailleurs être qu'un opprobre pour le couvent de Sainte-Claire. Votre sœur, Monsieur, a trompé ma tendre affection; elle est bien criminelle! et quand vous connaîtrez la cause de sa mort, vous vous en réjouirez. Elle tomba malade jeudi dernier, au sortir du tribunal de la pénitence. Sa maladie était accompagnée des plus étranges symptômes; cependant elle persistait à n'en point avouer la cause. Nous sommes toutes, grâces au ciel, trop innocentes pour en avoir eu le moindre soupçon. Imaginez quelle fut notre consternation, notre horreur, lorsqu'on nous apprit le lendemain qu'elle avait mis au monde un enfant mort en naissant, et qu'elle a suivi immédiatement au tombeau. — Quoi ! Monsieur, je ne vois sur votre visage ni surprise ni indignation ! Est-il possible que l'infamie de votre sœur, n'excite en vous aucun mouvement de sensibilité ? En ce cas, je vous retire ma compassion. Il n'est plus, je vous le répète, en mon pouvoir d'obéir aux ordres de Sa Sainteté, et je vous jure, par notre divin Sauveur, qu'elle est en terre depuis trois jours ».

En disant ces mots, elle baisa un petit crucifix qui pendait à sa ceinture, se leva et quitta le parloir; elle jeta, en sortant, á Lorenzo un coup-d'œil accompagné d'un sourire sardonique. « Adieu, Monsieur, ajouta-t-elle; je ne sais point de remède á cet accident. Une seconde bulle du Pape n'opérerait pas la résurrection de votre sœur ».

Lorenzo, désespéré, sortit aussi; mais Don Raymond, en apprenant cette nouvelle, devint presque fou. Il ne pouvait se figurer qu'Agnès fut morte, et persistait á dire qu'elle était toujours dans l'enceinte des murs du couvent. Il n'était point de raisonnement qui pût lui faire abandonner ses espérances ; chaque jour il inventait, mais sans succès, un nouvel artifice pour en obtenir quelques nouvelles.

Médina, de son côté, avait renoncé á l'espoir de la revoir ; mais il encourageait les recherches de Don Raymond, bien persuadé qu'on avait employé contre la vie de sa sœur des moyens violens, et brûlant de tirer une vengeance éclatante des procédés qu'il attribuait à l'insensible Abbesse. Au chagrin d'avoir perdu sa sœur, se joignit la nécessité de suspendre la confidence qu'il se proposait de faire au Duc de son amour pour Antonia. Cependant ses émissaires, dans cet intervalle, entouraïent la porte d'Elvire. On lui rendait compte de tous ses mouvemens. Ayant appris qu'Antonia se rendait tous les jeudis á l'église des Dominicains pour y entendre le sermon, il pouvait ainsi la voir au moins une fois par semaine, en évitant, selon sa promesse, d'en être remarqué. Ainsi deux longs mois se passèrent, sans qu'on eût de nouvelles d'Agnès. Tout le monde croyait à sa mort, excepté le Marquis. Lorenzo, prit alors le parti de faire á son oncle confidence de ses sentimens pour Antonia. Il avait déjá annoncé par quelques mots son intention de se marier : on y avait applaudi ; et il ne douta point que son oncle n'approuvât son choix.

Fin du tome second.

www.ingramcontent.com/pod-product-compliance
Ingram Content Group UK Ltd.
Pitfield, Milton Keynes, MK11 3LW, UK
UKHW012221240726
13966UKWH00003B/887